光文社文庫

文庫書下ろし

チーズ店で謎解きを

小野はるか

光文社

この作品は光文社文庫のために書下ろされました。

目次

主な登場人物

園羽純《そのはすみ》　二十七歳。縄暖簾《なわのれん》を愛するイケオジ好き会社員
萩大和《はぎやまと》　園の同期で『フォンテーヌ』を紹介する、おしゃれ系男子
新垣《あらがき》　チーズ専門店『フォンテーヌ』店長
早乙女《さおとめ》　チーズ専門店『フォンテーヌ』スタッフ
満島《みつしま》　チーズ専門店『フォンテーヌ』常連客

一話　祝福のチーズ

流行《はや》っていた、ちょっといいオーブントースター。

買って、結局つかいこなせずにフリマサイトで売ってしまったのは何年前だっただろう。

園羽純《そのはすみ》は、朝食用のチーズトーストを焼こうとして、ふとそんなことを思い出した。

価格は他製品よりも0が一個多かったけれど、就職していざひとり暮らし！　というタイミングで、当時大奮発したのだった。

（もう、三年くらい経《た》ったっけ）

いまの職場へは新卒採用で、その翌年にはさっさと売っぱらった気がするから、たぶんそのくらいだ。

ちなみに新生活を機に浮かれ気分で購入したものは、なにもお高いトースターだけに限らない。

インフルエンサーとおそろいの水素水メーカー、ヨガマット、人気ドラマでヒロインが育てていたハーブ栽培セット、デキる女に愛されし鉄フライパン。家具はもちろん北欧風。

しかし家具はともかく、鉄フライパンなどは数か月ともたなかったように思う。「フライパンは毎日育てるもの。自分育てとおなじ」だなんて某女子アナの言葉に感銘を受けて買ったけれど、二回ぐらい使ったあたりで、はて、わたしゃなんでフライパンなんぞ育てにゃいかんのだ？ と我に返ってしまった。ほかのあれこれも生活に慣れるにつれ颯爽《さっそう》と退場していった。冷静になったともいう。

（ま、理想があったんだよねぇ）

社会人になったらこうなるぞ！ という憧れのイメージがあった。羽純はキラキラ女子になりたかったのだ。

具体的には、家具は北欧風で生活感は薄く、朝起きたら白湯《さゆ》を飲む。水素水で顔を洗い、ヨガで体を整えてから高級食パンとスムージーで栄養を取り、ファッション雑誌を参考にした完璧コーディネートで全身を固めて出勤する。バリバリと働き、そして日常生活では時間を惜しまず丁寧にくらすといったような……。

思い出して、羽純は黒歴史に内心でうめいた。

（勘弁して）

本当に浮かれていた。

　おそらく、実家のむさくるしい男世帯から解放される喜びのあまり張り切りすぎて、なんだか拗《こじ》らせた方向へと社会人デビューしようとしていたのだ。

　トースターの末路が物語るように、もちろん挫折した。

　だいたいよく聞く『丁寧なくらし』ってなんだ。なんかいい言葉だなという雰囲気に惹《ひ》かれてしまったが、正直、具体的なことはなにひとつわからない。

　雰囲気に惹かれたといえば、北欧風家具もそうである。北欧風ってなんだろう。ほんとうに北欧人がこういった家具を使用しているのか、答え合わせをする日は一生涯こないだろう。

　チン、という音がひとり暮らしの部屋に響く。チーズトーストが焼き上がった。

　かつては厚切り高級食パンに自然派バターを、という生活に憧れていたけれど、けっきょく羽純が日々好んで食べているのは、こうしたぺらっぺらの八枚切り食パンのトーストだ。クラッカーかな？　というほどのこの薄さから生まれるザクッとした歯ごたえが好きなのだ。

「いただきます」

　誰にともなく言ってから、こんがりと香ばしく焼けたトーストに齧《かじ》りつく。やはりいい歯ごたえだ。そしてとろ～りとろけたチーズが長く糸を――……引かない。

「……」

羽純はがくりとした。

どうやら、まちがえて伸びないほうのチーズを買ってしまったらしい。

とろけて伸びると信じて食べたチーズが伸びないのは、なんだかけっこう悲しいものがある。

伸びないチーズ事件を皮切りに、この日はまったくついていなかった。

早起きをして早い電車に乗り、すこしでも満員電車のストレスを避けて出社したいところなのに、今朝は完全に乗り遅れてしまったのだ。家を出て駅を目前にしたところで、パンプスの底が剝《は》がれてしまったのが原因だった。

季節は今日から九月、残暑どころかまだまだ夏真っ盛りの暑さで、早朝といえど日差しはじりじりと暑い。徒歩十五分の距離にあるアパートに戻ったときには羽純のブラウスはすっかり汗だくだった。しかも日傘も玄関であわてて畳んだ拍子にこわれてしまって、もはや踏んだり蹴ったりである。

とにもかくにも大急ぎで汗だくのブラウスを着替え、古い日傘を引っ張り出し、スペアのパンプスに履きかえて、ふたたび駅に着いた頃には通勤ラッシュがはじまっていた。

汗のにおいが立ち込める満員電車に数十分揺られ、会社の最寄り駅で降りてさらに十分歩けば、ようやく勤め先の入る大型ビルが見えてくる。

1Fのコンビニはひどく混雑していた。冷たい飲み物を求める会社員であふれている。羽純も冷たいジャスミン茶が欲しかったが、あきらめた。

2Fから5Fが、羽純が勤める社のオフィスである。おなじく出勤してきた社員たちと顔だけは爽やかにあいさつを交わしながら、エレベーターに滑りこむ。同僚の女子社員たちが、健康と美容に気を遣って階段へと向かう姿が見えたが、今日はだめだった。目的地は4Fだが、情けなく思いつつもこれ以上ぜったいに歩きたくない。

半ばやけのように元気な「おはようございます！」を唱えながらフロアに入り、羽純はようやく自分のデスクに腰を下ろした。

「はーあ、疲れたぁ」

「朝からため息《いき》なんて、どうした？」

突っ伏そうとしたところでかけられた声に、ふり返る。

「萩《はぎ》くん」

同期の萩大和《やまと》だ。トップにパーマをかけた爽やかなツーブロックスタイルに、適度に日に焼けた肌。その明るい表情に、明るい色の瞳がよく似合っている。

新入社員研修から配属先までずっと一緒だったこともあって、そこそこ気安い相手だった。

なお、恋愛感情はない。

「ほら、元気出しな」

言って、萩は羽純の頰《ほお》に冷たい缶コーヒーをあててくる。「ひゃっ」と小さく声をあげて身を引くと、萩は楽しげに笑った。

「もう、やめてよね」

こんなシチュエーションが許されるのは少女漫画のなかだけであって、現実では言語道断。さっきトイレでパウダーをはたいてきたばかりだ。

「……はあ、ついてない」

「だからどうしたのって」

「チーズは伸びないし」

「ん、チーズ?」

「日傘はこわれて靴底は剝がれるし、空《す》いてる電車は逃しちゃうし、朝から汗だくだし、もういろいろ」

「ふうん、それはずいぶん災難だったね。チーズっていうのはよくわかんないけど、まあこれでも飲んで元気出しなよ」

ありがとう、と受け取りながら、缶の側面をぐるりと確認してしまう。フェイスパウダー、ついているだろうか。

「お、部長だ」

萩の言葉に、羽純はガバッと顔をあげた。

フロアの入り口を爛々《らんらん》と眺めるが、一向に部長登場の気配がない。

「ごめん、ウソ」

「ひどい」羽純は笑う萩の顔をねめつける。「渾身《こんしん》のおはようございます！　をささげるつもりで気合を入れたのに」

「ごめんて。――あ、こんどはホントに来たよ」

疑りつつ視線を向けて、羽純は直立不動に立ちあがった。来た！

現れたのは、品よく整えられたグレーヘアの男性。五十代後半らしいがいわゆる中年太りとは縁遠く、顔立ちもシャープで渋い。なにを隠そう羽純の『推し』、神林《かんばやし》部長である。

「部長、おはようございます！」

あいさつをすると、部長は颯爽とデスクへ向かいながら、ちらりと笑みをくれた。「おはよう。今日も元気だね」。それだけで、もう今朝の不幸な気分は清算された心地がする。

「よぉし、今日も一日がんばるぞ！」

感動を噛《か》みしめる羽純のわきで、萩がぽつりとつぶやくのが聞こえた。

「しっかしほんと、おじコンだよなぁ」

否定はしない。

羽純にとって、毎日の活力は神林部長が源泉となっている。

なお、恋愛対象ではない。

羽純は年齢を重ねても魅力的でカッコイイ、いわゆるイケオジ、ジェントルマンを心のなかで愛《め》でて眺めるのが好きなのだ。逆に、脂《あぶら》ぎった下ネタおじさんはかなり苦手である。

得意な人はいないだろうけれど。

＊＊＊

「呑《の》みに行かない？」

萩にそう誘われたのは、残業が終わって一息ついていたときだった。

「え……？」

どう返事をするべきなのかとっさに判断がつきかねて、羽純は間を持たせるようにノートパソコンを閉じたり、散らばっていた付箋《ふせん》を片づけたりしてみた。

時刻は十九時。金曜日は定時退社が推奨されているので、すでにオフィスに人は少ない。だが省エネのために半分落とされた照明のもと、羽純がいる企画営業部だけはまだ四人が残業をしていた。それももう帰る時間だ。

「前田《まえだ》くん、萩くんが呑みに行こうだって」

萩が羽純だけを誘っていることはわかっていたが、知らぬふりでひとりに声をかけた。

一年後輩の青年は、申し訳なさそうに頭を下げる。

「すいません、僕今日デートなんで」

「あらら、じゃあ早く行かなくっちゃでしょ。お疲れ！」

羽純は早く帰れと手をふった。前田は再度「すいません」と謝り、それからもうひとりの同僚に、自分の代わりにとばかりに声をかける。

「五十嵐《いがらし》さんはこのあとどうですか？」

あ、と思う。羽純が五十嵐に声をかけなかったのは、彼には家庭があるからだ。羽純とは同い年だが子供もいて、まだ小さいと聞いていた。

案の定、五十嵐はとんでもないと言って渋面をつくる。

「そろそろ帰らないと嫁にどやされる」

「ああ、こないだこっぴどく絞られたって言ってたもんな」

「そう。おまえらはいいよな、自由な独り身で。うち、さきに帰ったほうが飯をつくるルールなんだけど、俺が遅く帰るのはわざとで、楽しようとしてるんじゃないかって思われててさ」

「うーん……でも実際、五十嵐くんっていつもちょっと帰るの遅くない？」

定時で上がったあとでも、休憩室でのんびりスマホゲームをやっている姿をちょくちょく見かけている。

羽純の言葉に対して、五十嵐はあいまいに笑った。

「っていうかさ、俺がつくるより嫁がつくったほうが早いし、美味《うま》いじゃん。だいたい仕事して帰って飯つくって洗濯してなんて、いや俺なんのために結婚してるのかって話でさ。――よし、終わった。じゃあ帰るわ。お先」

五十嵐は突っこみどころ満載の言葉を発しながらパソコンの電源を落とすなり、カバンをひっかけて退社していった。出遅れたように前田もその背を追う。

お疲れ、と見送る羽純の表情がよほど心細そうだったのか、萩は苦笑する。

「そんな警戒しないでよ。変な誘いじゃないからさ」

「べつに警戒なんてしてないよ」

「そう？　じゃあいいよね。ほら、朝言ってたじゃん、チーズがどうのって」

言った。伸びると信じて食べたチーズが伸びなかった事件だ。

「じつはね、ちょっといい店見つけたんだ。チーズの専門店なんだけど」

「専門店？　チーズフォンデュとか出してるお店？」

「まあとにかくついてきてよ。そこの店長見たら、園さんよろこぶと思うな。イケオジってやつだと思うよ」


まず断っておきたいが、イケオジに釣られたわけではない――羽純は萩と夜のオフィス街を連れ立って歩きながら、胸のなかで謎の言い訳をした。

今日は溜《た》まっていた事務処理の一部を手伝ってもらったし、そのせいでノー残業デイ（推奨）であるのに退社がこの時間になってしまった……いや、させてしまったという引け目がある。ここはビールの一杯くらい奢《おご》るのが礼儀というものだ。

もちろん、萩いわく「うちの部長とはタイプのちがうイケオジ」という評に興味をひかれたことは否定しない。というか俄然《がぜん》気になるのは確かだ。そうと聞いたら見ずに帰れるわけがない。

「駅とは反対方向だからさ、うちでも知ってるやつ、あんまいないと思うんだよね」

「呑み会とかによさそうな感じなの？」

「いや、そういうのじゃなくて——あ、あった。あそこだよ」

華の金曜日でにぎわう大通りから、一本裏に入るなり萩が指をさす。

街灯の少ない路地は暗く、明かりの消えた高層ビルに囲まれた一帯は、いっそう夜に沈んで見える。

その一角に、しっとりと落ち着いた明かりを醸し出す店があった。

『チーズ専門店 フォンテーヌ』

オーニングがせり出した、通りに面した大きなガラス窓。入り口はシックな木製のドア。外灯には橙色《だいだいいろ》のガラス灯が点《とも》っている。

戸のわきにはブラックボードの看板が置かれていて、「旬のチーズで一杯いかがですか？」の文字の下、聞いたこともないようなチーズの名前と写真がならんでいた。

（チーズにも旬なんてあるんだ……）

感心していると、萩がドアを開けてくれる。羽純は少し緊張しながら、おずおずと足を踏み入れた。

通りに面した大きなガラス窓のすぐ前にあったのは、大きなショーケースだ。

なかには大きな円盤形や三角形、四角形といった、さまざまな形をしたチーズがならんでいる。サイズもさまざまだ。フライパンのように大きなものからサイコロ状の小さなものまで取りそろえていて、まるでフランスのマルシェを連想させるような雰囲気で陳列されている。

羽純のイメージとしてはチーズといえば黄色だが、ここでは彩《いろど》りも驚くほど豊かだった。いかにもチーズらしい白や黄色のものから、黒や赤、茶色いものまでバラエティに富んでいる。それらがひかえめな間接照明で照らされており、ついつい目を奪われて眺めてしまう。

「すごい……チーズってこんなに種類があるんだ」

「こういうの面白いよね」

「うん。――でも」

羽純はちょっと戸惑いつつ、店内を見やった。

薄暗い店内を彩っているのは、琥珀色《こはくいろ》の間接照明だ。チーズのショーケースは通りを向いて設置されており、その脇から直角に折れるようにして、深い色合いのカウンターテーブルが奥へと延びている。高脚の丸テーブルは七つ。いずれもウォルナット材で統一されており、シックな装いだった。

「ここ、チーズ専門店というより、バーのような気が……」

「ああそうそう。ここ、昼はチーズ屋さんで、夜はアルコールとチーズを楽しむバーになってるんだ」

「ワインバー？」

満席に近いほど埋まった店内では、だれもがワイングラスを傾けながらチーズを味わっていた。

「いや、ほかのお酒もあるよ。でもやっぱりナチュラルチーズといったらワインだよね」

穏やかに談笑している客らの装いはさまざまで、会社帰りでワイシャツやスーツ姿のひとが多いようだった。身構えるほどには格式張った店でないことがわかる。

とはいえ、羽純が想定していたような、チーズフォンデュのような料理とビールで乾杯！　お疲れ〜！　というような雰囲気ではない。絶対に。

「言いにくいんだけど、ちょっとこういうお店は……想定してなかったかな」

羽純が小声で言うと、「なに？　こういう店キライ？」と、お店のスタッフが近くに来ているというのに無神経なセリフを吐く。羽純は慌てた。

「そ、そうじゃなくて、えっと私、ワインあんまり呑んだことなくて……」

「大丈夫。おいしいやつ教えてあげるよ。絶対好きになるから。ワインじゃないやつもあるし──そこいい？」

　萩は迎えてくれた男性スタッフに声をかけ、ちょうど二席だけ空いていたカウンターを指して移動する。

（こんなムードある店で、ふたりきりの呑みをするつもりはなかったんだけど……）

　あちゃー、と思いつつ、しかたがないと肚《はら》をくくる。

　イケオジを目に焼き付けたらサッと呑んで、用事ができた作戦で帰るしかない。よし、それでいこう。

　萩は上機嫌で、イスを羽純のためにくるりと回してエスコートしてくれる。こういった店や場面に慣れている雰囲気だ。

　対して、覚悟を決めたとはいえ、羽純は完全に場違いな世界に緊張していた。

（なにせ私、好きなお酒はぬる燗《かん》、つまみはもつ煮がベストの人間だし！）

　羽純だって、かつてはキラキラ女子に憧れていた。ワイン通で「好きな料理はフレンチです」とか言える女になりたかった。学生のころはめちゃくちゃ憧れていた。でもいざ大人になってみたら、目指していた方向性と現実の自分の好みとは、どうしようもないほどに乖離《かいり》していると気がついたのだ。

　妥協とか諦めとかとはちがう。白鳥になりたかったけれどほんとうは私アヒルだったのね、という、『みにくいアヒルの子』の逆バージョンだったのだ。お肉ならステーキよりも焼き鳥やホルモンが好き。マカロンより干し芋が好き。バーよりも縄暖簾。ホテルよりもひなびた民宿が好き。それが羽純で、いわゆるおっさん女子というやつなのである。

それを理解しているから、こういう場所はどうしても気後れしてしまう。

「園さんは赤ワインと白ワイン、どっちが好き？　ワインにあわせてチーズプラトーをつくってもらおうよ」

ワインリストを開き、こちらに見せながら萩が訊いてくる。そんなリストを見たってなにひとつわからないし、そもそもチーズプラトーってなんだ。

「ワインはね、食事前だからロゼとかおすすめだな。赤ならこれが口当たりがまろやかで香りも豊か。白ならこっちかこっちのやつがキレがあっていいよ。この店は何回か来てみたんだけど、ハウスワインもけっこういいやつを出してるから、迷うならハウスワインでまちがいない。俺は白にしようかな」

シャルドネは産地で味わいがなんたら、赤はピノなんとかカベルネがなんたら、新世界がどうの。

どうしよう。ぜんぜんわからない。

困って視線をあげると、正面の壁棚が目に入る。バーらしくお酒のボトルがずらりとならび、暖色のバックライトが淡く照らしていた。腰下の位置にはワイン専用のセラーも設置されている。とてもラグジュアリーな雰囲気だ。

こんなところで一体、おっさん女子はなにを飲んでなにを食べればいいのか……。

途方に暮れて、左隣の客を盗み見る。いかにも会社帰りといった感じの、スーツ姿の男性だった。年齢は羽純たちとそう変わらない。

細いメガネに知的な細面《ほそおもて》、姿勢がよくてすらりとしている。手にしているのも高さがあるグラスで、しゅわしゅわしているからスパークリングワインなのだろう。テーブルにはガラスのスクエアプレートが置かれ、鋭角にカットされた長三角のチーズが二、三ならんでいた。なにかのジャムとドライフルーツが彩りを添えている。

（うわぁ、すごくおいしそうに食べるひとだな）

チーズをさっとナイフで一口サイズに切り、口に運ぶ。音楽に聴き入っているかのようにじっくり味わい、そして最後にスパークリングワインを流しこむ。目を閉じて無言だが、ゆるんだ頰が美味を語っていた。あれは羽純で言うところの、行者ニンニク入りもつ煮を燗で流しこんだときの感じだ。お腹《なか》が空いてきた。

ワインのうんちくを語りながら、「チーズも選びなよ」と萩がチーズのリストをくれた。開けば、驚くほどさまざまな種類のチーズが写真付きで紹介されている。

好きなチーズをいくつか選んで、ちょっぴりずつ盛り合わせにしてくれるようだった。三種プラトー、五種プラトーとして、例の写真が載っている。プラトーとは盛り合わせを言うようだ。

いずれも木やガラス、大理石といったデザイン性の高いお皿に、ピクルスやドライフルーツ、ナッツやクルトンを添えて華やかに盛り付けられている。それだけでひとつの芸術作品のようだった。

リストだけでなく、カウンター内には高脚のコンポート皿がいくつも置かれていて、ドーム状のガラス蓋のなかにはさまざまなチーズが鎮座していた。注文を受けたら、そこから切り分けているようだ。

マンガで見るような孔《あな》だらけのチーズもあれば、言い方に問題ありだがカビだらけのチーズもある。

(ブルーチーズだ。食べたことないけど……)

見たところ、一口にブルーチーズといっても種類があるようで、それぞれにちがう名前が書かれたプレートがついていた。せいぜいゴルゴンゾーラくらいしか羽純は知らないのだが、チーズってこんなに種類があるのかと、ただただ驚かされる。

「色々ありすぎて、どれを頼んだら……」

朝食に手軽なチーズトーストを食べてはいるが、その程度だ。あとはせいぜいおつまみにテーブルチーズを食べるくらい。

見たことも聞いたこともない名前のチーズたちは、まるで味の想像もつかなかった。いや、チーズはチーズなんだろうけれど……。

「すいません、ハウスワインの白」

萩が、ちょうどワインサーブで通りかかったスタッフに声をかけた。四十代くらいだろうか。ショートヘアを宝塚スターのようにセットした、かっこいい女性スタッフだ。

「かしこまりました」

「あと、それにあうチーズ三種のプラトーをお願いします」

お任せもできるのか。もう一度リストを確認すると、たしかにプラトーの例の下に『チーズのセレクト承ります』とある。

女性スタッフはよどみなく、

「では『クロタン』、『バノン』、『エポワス』の三種でいかがでしょうか？」

と提案する。プロだ。

「春につくられたシェーブルチーズはちょうどこの時期熟成が進み、たいへんコク深い味わいとなっております。旬ですので、ぜひお楽しみください」

「ほんとうにチーズにも旬ってあるんですね」

羽純が感心して思わず言うと、うれしそうに笑む。

「はい。シェーブルチーズは山羊《やぎ》の乳からつくられますが、山羊の出産はおもに春。ですので春から晩夏にかけてがフレッシュなシェーブルチーズの旬となっております。そしていまの季節は、春の濃厚なミルクでつくられたチーズを熟成させたものが出回る時期となっております。熟成物の旬というわけですね」

なるほどと思う。乳が出る時期だとか、チーズを熟成するとかいった意識が、羽純にはいままでなかった。

「もちろん、フレッシュなシェーブルチーズもまだつくられておりますよ。とはいえ、春につくったものと夏につくったもの、秋につくったものとでは、また味わいが異なります。チーズは年中おなじ品質でおなじ味のものである、というのは、プロセスチーズに慣れた日本人ならではの感覚かもしれませんね」

プロセス……。これは聞いたことがある。

「プロセスチーズと、ナチュラルチーズでしたっけ？」

そうそう、と言ったのは萩だ。

「基本的に、菌が生きて活動しているのがナチュラルチーズ。プロセスチーズは、このナチュラルチーズを加工したものだよね。俺たちが普段スーパーで買って食べるようなのは、ほとんどプロセスチーズかな」

　プロセスチーズは加熱処理されているので菌が死滅しており、品質が安定していて年中いつ食べてもおなじ味わいが楽しめる。ナチュラルチーズは菌が生きて活動しているため、時間とともに熟成が進んで味わいが変化していくとのことだ。味噌みたいな感じだろうか。

「おっしゃるとおりです」

　カウンター内からの声に、ふり返る。

　穏やかな笑みでこちらを見ていたのは、年齢不詳のイケオジだった。部長より若いのか年上なのか、照明が暗いこともあって判然としない。後ろに撫《な》でつけたブラウンの髪、口ひげをたくわえた顔立ちには気品があって、英国紳士然としていた。袖《そで》まくりをした白のワイシャツに黒の前掛けをつけていて、最高に似合っている。

　羽純の心拍数は一気に上がった。

　横から萩が「ね、イケオジでしょ」とささやくのが聞こえる。

　英国紳士はコンポート皿をひとつ、羽純の前に持ってきた。

　なかには、饅頭《まんじゅう》のような形をした小型のチーズがいくつかならんでいる。表面は白い粉をぬりこんだようになっており、ところどころ黒ずんで見える。干からびて硬そうな雰囲気だ。

「こちらが『クロタン』です。フレッシュなうちは柔らかくて白いチーズですが、三か月の熟成でこのように。いまですとヘーゼルナッツのような風味をお楽しみいただけます」

チーズが、ヘーゼルナッツ？

「へえ、おもしろい」

思わず口から感想が漏れる。いかにも初心者な反応がうれしかったのか、今度は女性スタッフが嬉々《きき》としてべつのコンポート皿を持って見せてくれた。

「そしてこちらが『バノン』です。バノン・アラフォイユ」

手のひらサイズの円形で、茶色い葉っぱに包まれたチーズだった。

ひとつはしっかりと包まれたまま、もうひとつは包みが開かれ、半分が切り分けられて半月形になったものが置かれていた。断面には、文鎮状の大理石があてられている。内部が柔らかいので、流れ出てくるのを留《と》めるためだという。

「バノンもシェーブルチーズです。こちらはフレッシュなうちはほっくりとした食感ですが、熟成が進むと内部が柔らかくなります。クロタンとは逆ですね。酸味が消えて、どこか酒粕《さけかす》を思わせる濃厚な味わいに変化しています」

「おなじ材料でつくっているのに、出来上がりは異なるんですね。ふしぎ」

ああでも、それもそうか。

羽純が愛する日本酒も材料は米でおなじだが、精米歩合や酵母、火入れの有無などの製造工程のちがいによって、まったく味わいの異なる仕上がりになっている。そう思うとチーズに親近感がわいてくる。

「これって保冷はどうしているんですか？　常温のように見えますけど」

ふと疑問に思って尋ねた。

大型ショーケースは冷蔵仕様だが、コンポート皿にはもちろん電源なんてものは繋《つな》がっていないし、保冷材のようなものが仕込まれているようにも見えない。

「お客さま、よいところに気づかれました。普段、チーズは冷蔵庫から出してすぐにお召し上がりでしょうか」

「ええ。チーズって要冷蔵ですよね」

乳製品なので腐りやすいイメージもある。しかし彼女はやさしく首を横に振った。

「プロセスチーズの保存場所は冷蔵庫で結構でございます。けれどもお召し上がりの際はぜひ、じゅうぶん室温に戻してから味わっていただきたく思います。チーズの適温は十五度から十七度。いわゆる室温と呼ばれる温度になって、もっともその風味が発揮されるのです」

「そうなんですね……知りませんでした。すみません、専門店に来ておきながらまったく無知で」

「いいえ。とんでもない」

スタッフらは笑み、そして英国紳士は「むしろご来店いただいたことをうれしく思います」とつづけた。

「当店の『フォンテーヌ』とは泉のこと。泉から水が湧いてすみずみまでひろがるように、ナチュラルチーズが日本に普及することを願ってつけたものでございます。ですのでお客さまのように、チーズに馴染みのない方にこそぜひご来店をいただいて、チーズの真の魅力と味わいを知っていただきたいのです」

「店長の言う通りです」

女性スタッフもうなずく。

どうやら英国紳士は店長らしい。胸を見れば、ひかえめなネームプレートがあった。昨今ではカスタマーハラスメント対策として名札を廃する向きがあるようだが、そこにはたしかに新垣《あらがき》と書いてある。姓だけで、肩書には『店長　チーズコーディネーター』とあった。

なお、女性スタッフのネームプレートには早乙女《さおとめ》とあり、肩書はチーズソムリエとなっている。チーズにもコーディネーターやソムリエが存在するとは知らなかった。

早乙女はわかりやすく上機嫌で、さらにもうひとつのコンポート皿を見せてくれた。

「最後、こちらが『エポワス』です」

円《まる》い箱に入ったチーズだ。

「こちらはウォッシュタイプと呼ばれる種類でして、熟成の過程でチーズの表面を塩水やお酒で洗ってつくるチーズです」

コンポート皿のガラスドームを開けて取りだし、円い蓋を開けて見せてくれる。オレンジ色の、ちょっとしわしわした表皮が見えた。

それから萩に向けて言う。

「こちらはまだ芯がある若いものと、とろとろに熟成したものと、どちらもご用意できます。お飲み物が白ワインとのことでしたので、若いほうをおすすめいたします」

「じゃあそれで」

「ではご用意いたします」

早乙女は礼をとり、颯爽とカウンター内へと入っていく。すかさず新垣が萩のまえにワインを提供した。

「園さんまだ決まらないの？　よかったらおなじワインにして一緒に食べようか？」

「あ、ううん。ごめんね、優柔不断でなかなか決められなくて」

たしかにさきほど説明された三種類のチーズには、めちゃくちゃ興味がある。

でもひとつの皿からシェアして食べるような仲じゃない。少なくとも、羽純には抵抗がある。それに自分のぶんは自分で頼んだ方が、会計のときも分けやすい。

「お手伝いいたしましょうか？」

まごつくなか、かけられた声に顔をあげる。新垣店長だ。

「メニュー選びでお困りのことがありましたら、どうぞなんなりとお尋ねください」

「あの、どれも食べたことがないもので、なにをどう頼んだらいいかまるで見当がつかなくて……」

「お任せください。ナチュラルチーズは、だれでも食べられるように加工されたプロセスチーズとちがい、個性が強いものでございます。ですのでお客さまにはまず、匂いや塩味の少ないタイプのチーズからお試しになるのをおすすめいたしたく思います。三種類ほどセレクトしてプラトーをおつくりいたしましょうか」

「じゃあ、それでお願いします」

「お飲み物はいかがされますか？」

「正直、ワインはあまり飲んだことがなくて」

こういった店ではなかなか聞かないセリフだろう。

あきれられるかと思ったが、新垣は羽純を安心させるように優しくうなずいた。

「チーズにあわせるのは、なにもワインばかりとは限りません。まずはお好きなお飲み物で楽しまれるのがよいかと存じます」

飲み物リストをうながされて、ざっと一読。たしかにワインのほか、ウイスキーなどの蒸留酒、ビール、それに羽純が好きな日本酒まで各種用意されてあった。なんと燗もできるらしい。ただ、カクテルなどはない。

意外だったのは、オレンジジュースをはじめとしたソフトドリンクも取《と》り揃《そろ》えていたことだ。コーヒーのほかお茶もあり、緑茶か紅茶か、アイスかホットかまで選ぶことができるようだった。

ちょっと迷ってから、羽純はアイスティーを頼んだ。さすがに初見のバーでホットコーヒーを頼む勇気はない。アイスティーも大概かもしれないが。

新垣は「かしこまりました」とすぐに用意をはじめたが、萩は確認するように「呑まないの？」と訊《き》いてくる。

「ワインがわからないなら教えてあげるって言ったのに」

「まだいいかなって。ちょっとのどが渇いてたし。夜になってだいぶ落ち着いてきたけど、今日も暑かったよね」

正直、多少警戒している。

素敵な店だが、どう考えても会社の同僚をちょっと一杯ひっかけようぜ！　と連れてくるような店ではない。ムード満点のバーでぐびぐび酒を呷《あお》るほどバカではないつもりだ。

萩が羽純をどう思っているのかはさておいて、こちらに恋愛感情がない以上は気をつけるに越したことはない。なにかあっては仕事がしづらくなるだけだ。

「あんまり呑むと、萩くんも帰りが大変になっちゃうよ」

「ビールみたいにじゃんじゃん呑むわけじゃないから大丈夫だよ。ワインはね、呑むんじゃなくてテイスティングするものなんだ」

言って、萩はグラスを傾けてワインの香りをたしかめる。そのあいだに羽純のアイスティーが届いた。

チューリップ形のワイングラスに注がれた琥珀色の液体は、バーで嗜《たしな》む飲み物としても決して場違いではない品格を感じさせる。

まもなく、ふたりのチーズプラトーも届いた。

萩のまえに置かれたのは、青磁色をした楕円のプラトーだ。一口サイズに切られたクロタン、バノン、エポワスがならんでいる。バノンは包みに使われていた葉を下に敷いており、説明にあったとおり内部がとろりとしていて、いまにも流れ出てきそうだった。脇に添えられたバゲットにのせて食べたらおいしそうだ。

一方、羽純のプラトーは白のスクエアプレートだった。ヨーグルトのようなものが入った小さなガラス容器が角に置かれており、真ん中にはぺらぺらの薄切りになったクリーム色の四角いチーズ、それに厚みを持たせたタブレット状のもの、スマートな三角にカットされたものとが、バランスよく寄り添うように置かれている。

ガラス容器の対角には、ハーブをまとったチーズが存在感を放っていた。彩りとして、レーズンや干したベリーが隅に添えてある。

「こちら、グラスに入ったものが『フロマージュ・ブラン』でございます」

さきほどの女性スタッフ、早乙女が説明してくれる。

「フロマージュ・ブランは牛のミルクを使用したフレッシュタイプのチーズです。フレッシュタイプは熟成をさせないナチュラルチーズで、ほのかな酸味とほどよいコクをお楽しみいただけます。ミルクの風味をさらに楽しんでいただけるよう、ホエイジャムをかけてあります」

「なんだかデザートみたいですね」

「そうですね、蜂蜜を混ぜてデザートとして楽しむこともできますし、ガーリックペーストを混ぜてディップとして味わうこともできるチーズです」

そんなに汎用性があるのか。早く食べてみたいと期待が膨らむ。

「つぎに、真ん中の『コンテ』はハードタイプと呼ばれる分類のチーズで、フランスを代表する〝山のチーズ〟となっております」

山のチーズとは、標高の高い山間部でつくられた硬くて大型のチーズをいうそうだ。

「カットによって味わいが変わることもぜひご体感いただきたいので、三種類のカッティングをご用意いたしました」

「それで薄いのと厚いのがあるんですね。面白い」

端に食パンの耳のような茶色い部分があるが、これは表皮で、食べなくていいものらしい。

なお、表皮を食べるか食べないかはチーズによって異なり、あるいは食べるひとの好みにもよるとのことだった。ただし、ハードタイプと呼ばれるチーズの表皮は硬いだけなので、残したほうがいいという。

「最後に、端にあるハーブをまとったチーズが、『フルール・デュ・マキ』です。〝灌木《かんぼく》に咲く花〟という名のチーズで、羊の乳を使用したブルビと呼ばれる種類になります。地中海コルス島のタイムやフェンネル、ローズマリーがふんだんに使用されておりますので、爽やかな香りとブルビ特有の豊かな味わいをご堪能いただけるかと思います」

ではどうぞごゆっくり、と笑んで、早乙女はサービスへともどっていく。

なんだかすでに贅沢な気分だった。まだなにも食べていないけれど。

「じゃあ、乾杯しようか」

「お疲れ」

小さくグラスをあわせ、アイスティーを口に含む。果実にも似た香りが立つ、とても上質な紅茶だった。

「今日、残業手伝ってくれてありがとう。助かった」

「いいよ。前は園さんが俺の手伝いしてくれたし、そのお返し。それに残業代がつくなら、それはそれでうれしいしさ」

うれしいもなにも、こうして呑みにきたらパーである。

羽純はそう思ったが、萩の会話は残業代というキーワードをとっかかりとして、高級腕時計の話へと転がっていく。なかなか強引な舵《かじ》きりで、要するに貴方《あなた》はその話がしたかったのねと納得した。萩は、フルオーダースーツや高級腕時計が大の自慢なのだ。

正直そういった価値観は、羽純にはよくわからない。もしかしたら白鳥を目指していたころなら響いたかもしれないが、気楽に生きているアヒルには縁のない話だ。

ほどよく相槌《あいづち》をうちながら、目の前のチーズに集中することにする。

まずは、グラスに入ったフロマージュ・ブランをスプーンで掬《すく》った。

ドキドキしながら口に入れると、ヨーグルトに似た冷たくなめらかな食感と、わずかな酸味をふくんだ爽やかな味わいが舌の上に広がった。軽くてあっさりとしている。ホエイジャムの濃厚なミルク感が、チーズのミルク感をさらに高めてくれていて、キャラメルのような風味があとを引いた。

（んー、おいしい！）

ぺろりと食べてしまった。アイスティーともかなり相性がいい。

つぎはコンテにするか、ハーブのやつにするか。

少し迷ってから、コンテに決めた。いま食べたフロマージュ・ブランとは対照的に、水分が少なくて硬さのあるチーズだ。

よくおしぼりで手を拭いてから、まずは薄切りをつまんでみる。鰹節《かつおぶし》とまではいわないが、ピーラーで削ったような薄さだ。そっと口に運んだ。

（ああっ、めちゃくちゃ口溶けがいい……）

舌の上にパッとまろやかなミルクの風味が広がる。

チーズらしい塩味のなかに、ほのかな甘さがある。そして旨味《うまみ》の余韻が長い。

（なんか、普段食べてるチーズとはぜんぜんちがう）

もちろん、プロセスチーズだって美味しいし食べやすい。ただこういったナチュラルチーズと比べると、プロセスチーズというのがいかに万人に向けて食べやすくつくられているのかがわかる。個性が弱いというか、強さがないというのか。

（じつはチーズって、すごく奥深いのかもしれない）

コンテを味わいながら、カウンター内にずらりと並んだチーズを眺めて、そんなふうに思う。

これまでの人生で食べていたのは、チーズという広大な世界のうちの、ほんの極々一部でしかなかったのかもしれない。

「――それでさ、時計っていうのは自己投資なわけ。女性のメイクや指輪と同じ、自分の価値を高めるための装備でもあるんだよね。男としての器を表すものでもあるわけ。千円の時計をつけてるうちは千円の男にしかなれないって考え方は、アメリカの成功者のなかでは定説らしいよ。イーロンとかザッカーバーグとか」

ほんとかな？　とは思いつつ、無難な相槌をうつ。

「散財とか言うやつがいるけど、逆だね。蓄財だよ。むしろ時が経って価値が上がるものもあるし、未来への投資だと思っていいんだよね」

こういう話を聞くと、価値が上がるものもあるとは、すなわち、ほとんどが価値が上がらないものである――羽純はそんなふうに考えてしまう。われながら夢がない女だ。

「夢がある話だねぇ」

そう。夢なんて、あったほうがいいに決まっている。

羽純はアイスティーを味わい、今度はタブレット状にカットされたコンテを手に取った。薄切りのときより、そのきれいなクリーム色がよくわかる。ずしっとした質量を感じるチーズだ。指触りも硬い。端は茶色くて、パンの耳のようになっている。さきほど、この部分は食べないと説明を受けた部分だ。

思い立って、チーズリストを開いてみた。写真を確認すれば、コンテという名前の隣には、茶色い円盤状の巨大なチーズが載っている。カット前の状態で四十キロ近くあるらしい。感覚としては、もはやタイヤだ。

まずはほんの少しだけ齧ってみる。

歯触りはどこかほくっとして、栗のような感覚だった。薄切りとちがい、噛めば噛むほどじわりじわりと旨味がにじみ出てくるチーズだ。塩味もちょうどいい。

（コクがあって美味しい。これ、ぜったい日本酒とも合う！）

吟醸酒だ。ぜったい淡麗吟醸酒。

　ときおりシャリシャリとした、なにか結晶のような歯触りがあって、なんだろうとふしぎに思う。塩かなとも思ったが、噛んでも強い塩気は感じない。むしろなんだかうまい。飲み込んでも、いつまでも舌の上に旨味が残っている。

（美味しい……うん、美味しいな。ああ、お酒が呑みたい……！）

　ゆっくり時間をかけたつもりだったが、すぐになくなってしまった。でも大丈夫。まだ三角のカットがある。

　ちょっと休憩にとアイスティーを口に含む。ああ、これがお酒だったなら……。

　最高のアテ間違いなしだなと思うと、視線は自然とアルコールのリストへと吸いこまれていく。いやいやここは我慢だ、と羽純は心のなかで自らを叱咤《しった》した。これは絶対お酒ドロボーな味わいなので、呑みすぎて人間がダメになるやつだ。ただの同僚とふたりきりでそれは危険である。

　我慢我慢と言い含めながら、鋭角にカットされたコンテに歯を立てた。

（あ）

　さきほどのタブレット状のコンテより、一層ほくっとしている。やさしい風味だ。

　しかしその食感は、表皮のほうへと食べ進むにつれて変化していった。外側に近づくにつれて硬くなり、そして風味にもヘーゼルナッツのような香ばしさが混じってくる。とても興味深い。

すっかり食べ終えて、さみしくなったプラトーを眺めた。

残るはもう、ハーブのやつだけだ。名前はなんだっけ……チーズリストを目を凝らして追って、名前を確認する。

そう、フルール・デュ・マキだ。そのとなりには、全身にびっしりとハーブをまとった円形チーズの写真があった。プラトーにあるのは、これを中心から放射状にカットしたものの一ピースだ。

手に持って口もとに近づけると、それだけでローズマリーの香りがふわりと漂う。ハーブが好きな人にはたまらない香りだ。もちろん羽純も好む香りだった。

断面はきれいなアイボリー色をしている。鋭角になっているほうを小さく齧ってみた。

(あ、しっとりしてる)

わずかな酸味があって、しかしすぐにミルクの甘みが舌を覆った。羊のチーズというのはまったく初めての経験だったけれど、いやなところはなにひとつない。息を吸いこむと、地中海ハーブが鼻腔をぬける。

「あぁ……バゲットにのせて食べたい。チキンソテーでもいい」

思わずつぶやくと、萩が苦笑する。

「なんだかチーズに夢中だなあ」

「あ、ごめん。こういうの好きみたい」

口のなかにハーブがのこったので、アイスティーで流した。とても爽やかだ。満足。

萩もすでにチーズを食べ終えており、二杯目のワインを呑みほしたところだった。すぐに彼はおなじワインを頼み、おなじチーズを注文する。

羽純はせっかくなら食べたことのないチーズに挑戦したくなって、チーズリストとにらめっこする。

「迷うならお任せにしたら？　今日のおすすめで、とか」

「それもいいなぁ。——あ、チーズの分類表なんてあった」

さきほどは焦っていて読み飛ばしていたようだが、開いて一ページ目にナチュラルチーズとプロセスチーズについての詳しい説明書きがあった。

このうちのナチュラルチーズにはいくつかの分類法が存在し、日本では主に七つに種類分けされているらしい。

フレッシュタイプ、白かびタイプ、青かびタイプ、ウォッシュタイプ、シェーブルタイプ、ハードタイプ、セミハードタイプの七つだ。

ハードとセミハードをひとつにまとめ、七つ目としてパスタ・フィラータという分類を加える考え方もあるらしい。

「へー、フレッシュタイプのチーズが基本形で、それを白かびで熟成させると白かびチーズ、青かびで熟成させると青かびチーズになるんだ」

「俺、ブルーチーズは臭くて苦手」

青かびチーズの特徴として、強烈な刺激と強い塩気、特徴的な風味があると書かれている。たしかに好き嫌いが分かれそうなチーズだ。羽純は嫌いというわけではないが、イメージが悪くて食べたことがない。

ちなみに白かびチーズはカマンベールが代表格で、味の特徴としてはまろやかで濃厚であるとのことだ。さすがに羽純もカマンベールくらいなら食べたことがあるから、こちらはだいたい味の想像がつく。

「かびをつけないで、表面を塩水やお酒で何度も洗いながら熟成させたものがウォッシュタイプ——これはさっき萩くんが食べていたタイプだね」

「ああ、美味しかったよ」

表皮は独特な匂いがあり、それに対して中身はクセがなく、コクがあってクリーミィとのこと。

「そういえば熟成してとろとろのもあるって話だったよね。どんなのだろう……めちゃくちゃ気になる」

　ふつう焼くなり煮るなり、調理で加熱することによってとろとろになるものだ。少なくとも羽純はそう思っていた。チーズフォンデュもそうだし、ラクレットだってそうだ。チーズトーストもしかり。

　なのに加熱もせず、熟成の力だけでとろけるとは、これいかに。

「じゃあエポワスの熟成タイプにする？」

「うん、それと……」

「すいません」

　萩がカウンター内の新垣店長に声をかける。

「熟成したエポワスを」

　まだ待ってと言う暇もなかった。

　羽純はあわてて言葉を足そうとしたが、新垣店長はこちらに向かって穏やかな笑みを向けてくる。英国紳士イケオジの笑みはたまらない。

「恐れ入りますが、エポワスを召し上がるのはお客さまであっておりますでしょうか？」

　羽純に対しての確認だ。

　眼福だなと思いつつ、「はい」と答えた。

「では。熟成エポワスは非常に濃厚で人気の高いチーズではございますが、通好みと言われるチーズでもございます。ストレートに申しあげますと、非常に匂いの強いチーズとなっております」

「匂いですか」

「はい。ウォッシュタイプはもともと『神様のお御足《みあし》の香り』がすると評される、匂いが強い種類のチーズとなっております。匂いのおおもとは表皮ですので、表皮をのぞくことで減らすことはできますが、完全に消すことはできません」

つまり、チーズ初心者にはハードル高めのチーズということだ。

「ですので、まずは少量の一匙《ひとさじ》からご提供させていただきたいのですが、よろしいでしょうか」

「それでお願いします」

「承知いたしました。ご不安にさせてしまったかもしれませんが、ウォッシュタイプは舌触りがよく、濃厚でコク深いチーズです。味は保証いたしますのでどうぞお楽しみください」

濃厚でコク深いとは、期待大だ。

「それとあとほかに二種類、なにか柔らかめのチーズでお願いしたいんですが、いいですか？」

「お任せください。お飲み物はいかがされますか？」

問われて気がついた。もうアイスティーもなくなる。

わずかなのこりを飲み干してから、すこし考えた。さすがにいつまでもノンアルコール
というのは付き合いが悪すぎるか。

「じゃあ、日本酒で」

「かしこまりました。今回は吟醸酒をおすすめしたいのですが、よろしいでしょうか」

「お願いします」

え、と声をあげたのは萩だ。

「日本酒？　なんで？」

「メニューにあるからだけど」

「園さん、日本酒なんて呑むの？」

「うん、会社の呑み会のときはいいお酒を置いてないお店だから、仕方なくウーロンハイ
とか呑んでただけなんだ。一番好きなお酒は、じつは日本酒」

「ええぇ、なんで日本酒？」萩は顔をしかめる。「オッサンじゃあるまいし、ワインのほ
うがいいよ。チーズにはぜったいワインだって」

「はいはい、人が好きなものを否定しないの」

気まずい空気にならないように、柔らかい口調で注意する。でも内心はあまりいい気がしなかった。人の価値観をわざわざ口に出して否定するのって、苦手だ。

それから間もなくお酒とチーズプラトーが届いた。

チーズは柔らかいものをとの注文通り、とろりとした見た目のものが陶器の匙に二種、ココットに入ったディップのようなものが一種。皿のわきにはカリカリに焼かれたカンパーニュが添えられている。

届けてくれたのは、チーズソムリエの早乙女だ。

「右から順に、『クリームチーズ』、『サン・マルスラン』、『エポワス』でございます」

ディップ状のチーズはクリームチーズか。

「このクリームチーズ、なにか具が入ってますね」

「はい。クリームチーズはおなじみのチーズですが、今回は刻んだ奈良漬けを混ぜさせていただきました。奈良漬けの風味がいっそう日本酒との相性を高める役割をいたします」

あ、日本酒を頼んだから、それにあわせて用意してくれたのか。

こまやかな気配りに心が弾む。

「真ん中のサン・マルスランは、ソフトタイプ、あるいは白カビタイプに分類されるチーズで、非常に濃厚で深みのある味わい、そしてすっきりとした後味が特徴となっております。熟成が進むほどに柔らかく濃厚になるチーズで、今回は食べやすさの点から、熟成具合の穏やかなものをご用意いたしました。最後がエポワスで、こちらはウォッシュチーズの王様と称されるチーズです。非常に濃厚で強さのあるチーズですので、最後に召し上がることをおすすめしております」

ありがとうございます、と礼を言って、ワイングラスに注がれた日本酒を口に含んだ。フルーティな、いい吟醸香がする。米の味わいも深い。

「おいしい？」

萩が微妙な顔で訊く。

「うん。あんまり詳しいわけじゃないけど、いいお酒だなって思うよ」

「でもさ、日本酒が好きでおじコンって、園さんけっこう変わってるよね。仕事の休憩中も干し芋食べてるし」

「あー干し芋バカにしちゃだめだよ。腹持ちもいいし低カロリーだし、食物繊維も豊富だし、間食には最高なんだから」

「いやわかるけどさ」

萩は笑う。目もとに酔いを漂わせていた。

「前はグミとか、あとはなんかおしゃれなやつ食べてたじゃん？」

「やだ、新入社員だったころでしょ、それ」

美容グミとかデーツを必携していたころだ。

「それにさ」と萩はつづける。「髪だって伸ばして巻いてたし、服もモデルみたいなコーディネートのオフィスカジュアルだった。すごく似合ってたよ」

「なんか背伸びをしようとしてたんだよね、あのころ。社会人デビュー目指してたし。でもなんか、そういうのって自分じゃないなって気づいたんだ。ワインも詳しくなろうとした時期があったんだけど、結局しっくりきたのは日本酒で、ああ、わたしっておっさんなんだなって納得したの」

「大丈夫だよ。背伸びじゃなくて、前のほうがずっと似合ってたし。ワインなら俺が教えてあげるし」

いや、けっこうです。

羽純はカトラリーをとった。小さなデザートスプーンだ。

まずはクリームチーズから、と適量を口に運ぶ。

ミルク感の強いクリーミィなチーズに、奈良漬けの塩気と食感がいいアクセントになっている。

日本酒をあわせると、チーズの余韻、そして奈良漬けの発酵香があわさって、驚くほどに豊かで華やかな香りが口の中に広がった。

「あ、なにこれ、すごくいい」

家でもやろう。そう心に誓った。奈良漬けとクリームチーズ、最強だ。

「そういえばさ、こないだの日曜、外で部長に会ったんだよね」

「――え？　なに、部長⁉」

心ここにあらずだったが、部長という言葉で急激に意識を引き戻される。

部長の話なら聞かずにはいられない。

「え、どこでどこで？」

「ジュエリーショップ」

ワイングラスをやたら回しながら、萩はなぜか得意げだ。ちょっと悔しい。

「少しさきだけど冬のボーナスを見越してさ、やっぱり多少汚れてもいいようなエントリーモデルの時計もあって損はないかなと思って、行ったんだ。あ、だからって安い店じゃないよ。誤解しないでほしいんだけど」

そこはどうでもいいので省略よろしく。

「そしたらさ、なかで偶然部長に会って。部長、ひとりで奥さんにプレゼント選んでたよ。

声かけたらちょっと恥ずかしそうにしてさ、いつも世話になってるからって、お礼にプレゼントするんだって。ダイヤがつかわれた、けっこういい感じのネックレスだった」

「あ、そうか。もうすぐ奥さんの誕生日だ。さすが愛妻家だね」

部長の奥さんとは、会社の催事で何度も顔を合わせている。

国民的ネコ型ロボットアニメの某ロボと誕生日がおなじ、と、そう話していたのでよく覚えていた。いやむしろその話題でロボの誕生日を覚えたともいえる。

小雨のなか目を細めて葉巻を吸っていそうなハードボイルド渋めイケオジにして愛妻家。それこそが部長の魅力である。お酒が進む。

「素敵だなぁ。あの渋い声で、しかもちょっと照れた感じで『いつもありがとう』なんて渡されたら、ジュエリーだろうと石ころだろうと、奥さんはさぞかし喜ぶんだろうなあ」

「嫉妬する?」

「いやしないから。私にとってイケオジは栄養。憧れっていうか。恋愛感情はべつなんだってば。見て楽しむものなの。娯楽みたいな?」

よく誤解されるが、ここは大事なところである。

「愛妻家っていうのが魅力なんだし、奥さんの幸せはイケオジの幸せ、ひいては私の幸せなの。むしろうれしい」

「愛妻家かあ。でもいかんせん、世の中には恐妻家のほうが多いよな。ほら、五十嵐の家なんて、めちゃくちゃ恐妻家じゃん？」

完全に酔いが回り姿勢を保っているのが億劫になってきたのか、カウンターテーブルに肘《ひじ》をかけて寄りかかっている。萩がどの程度お酒に強いのか、そして弱いのか、羽純は知らない。興味がなかったので呑み会でもとくに気にしたことがなかった。

「恐妻家？」

「ほら、さっきも嫁が厳しくてーとか言ってたっしょ」

「帰るのが遅いと絞られた、とは言ってたかな」

「かわいそうにな。あそこの嫁いつも怒ってるんだ。コワ」

「実際に五十嵐くん、わざと遅く帰ってるんじゃないか疑惑があるし、しょうがないんじゃない？　共働きだし、たしか子供のお迎えも奥さんでしょ？」

「いやふつうじゃん」

え、どこが。

なんだかちょっとイラッとする。

「それに飯なんて、女のひとがつくったほうが絶対うまいよ。なにが悲しくて、結婚してるのに自分で下手《へた》な飯つくらなきゃいけないんだか」

それは女が男の専属料理人ではないからでは。

出かけた言葉を呑み込んだ。こんなところで闘ったってしょうがない。

そうは思うものの、もやもやとした塊《かたまり》が喉元《のどもと》に残った。

仕事して帰ってから、ご飯をつくる。それは羽純なんてコンビニで済ませてしまうことも多いくらい、すごく大変なことだ。しかも子供の送迎があるから、奥さんはどんなにつらくてもサボることはできない。どうあっても決まった時間に帰らなくてはいけない。それなのに、片や夫は帰宅時間をちゃっかり調整している……。

怒るの、あたりまえでは?

萩はぐりんぐりん回していたグラスを呷る。

「あげくさ、週末はせっかくの休みなのに、掃除と洗濯まで手伝わされるらしい。もうあれだよね、なに嫁だっけ……ええと、あ、鬼だ。鬼嫁。完全に鬼嫁だよな!」

(はあ?)

完全に五十嵐の奥さんをバカにした表情に、プチンときた。限界だ。

「鬼って、どこが?」

あ、間違えた。思ったよりドスの利《き》いた声が出てしまった。

これで揉《も》めて明日から仕事がしにくくなったらいやだな、と咄嗟《とっさ》に思う。

羽純はかなり、仕事に私情を持ちこみたくない主義である。だから社内恋愛もしたくないし、些細《ささい》な喧嘩もしたくない。人間関係は無難にさばくに限る。そういう信条でこれまで平和に生きてきた。

（でももう、いっかな）

萩はあっけにとられた顔で羽純を見ている。もういいや言ってしまおう。

「っていうかさ――」

「それを言ったら、『なにが悲しくて、結婚してるのに仕事して子育てして家事までぜんぶひとりでやらなきゃいけないんだか』、となるのではないですか？　女性の立場からしたら」

え？

羽純はまばたいた。

言おうとしていた内容はおなじだが、いま声に出したのは羽純ではない。

冷たくて硬質な、男性の声だ。

「結婚したとたん男が『お世話が必要な子供』になったのでは、女性も大変ですね。仕事も子育ても家事も、なにもかもひとりでぜんぶできなければ鬼呼ばわりとは。というか、なんでも女性ひとりでできてしまうのなら、男はいらなくなってしまうのでは？」

「な、なんだよ、お前……！」

顔を真っ赤にして萩がにらんでいるのは、羽純のとなりの席――さきほど羽純が見た、美味しそうにチーズとスパークリングワインを堪能していた男性だった。

細メガネの男性は冷たく萩を一瞥《いちべつ》し、羽純を見る。

「あ、失礼ですが、ずっと電話鳴っていましたよ」

「え？　私？」

バッグを指して言われ、あわててスマートフォンを取りだす。画面を確認しようとしたところで、「待って」と止められた。

「電話なら、どうぞ向こうで。長く呼び出し音が鳴っていたので、急用でしょう」

「ありがとうございます」

頭を下げて、羽純はバッグごとパウダールームへと移動した。


ところが。

パウダールームで、羽純は首をかしげていた。

急いで確認したスマートフォンには、着信履歴などなにも残っていなかったのだ。

（どういうこと？）

だれかの電話が鳴っているのを、羽純のものだと勘違いしたのか。

(でもなんか、助かったな……)

鏡台にバッグを置いて、ほっと息をつく。

あのままだったら、多少なりとも萩と言い合いをしてしまうところだった。そうなっていたら、来週からの仕事がやりにくくてしょうがなかっただろう。

好かれたいわけではないけれど、トラブルを起こさないのも社会人としてのマナーである。萩とは共同で準備を進めている企画もあるのだから。

(せっかくだし、このへんで急用があって呼び出されたことにでもしようかな)

よし、そうしよう。

羽純はあの男性の勘違いを利用させてもらい、さっさと帰ることに決めた。

＊＊＊

週末をはさんで、月曜日。

休みのうちに買い換えたパンプスはとても調子がよかった。

羽純は気分よく、まだ大きな混雑前のホームで電車を待っていた。都心まで来たので、ここで乗り換えだ。必ずしも座りたいわけではないが、赤の他人と密着しないで済むだけで少しほっとする。今日はそこそこいいスタートを切れそうだ。

ただひとつ、憂いがあるとすれば萩のことだった。

あのあと、羽純が席に戻ったときにはすでに隣席の男性は会計を済ませて帰っており、特に大きなトラブルにはならなかったようだった。萩はなにも言わなかったし、羽純も「祖母が体調を崩して入院したらしい」などと言い訳をして帰ったのだが、さすがにちょっと気まずい。

（とりあえず、なにもなかった顔をしてあいさつしよう。それしかない）

そう決めて、小さく伸びをする。ホームに吹き込む早朝の風が気持ちいい。

「おはよう」

「あ、おはようございます！」

声をかけられて、あわててあいさつを返す。

羽純の腕をポンと軽くたたいてきたのは、神林部長の奥さんだった。近くにある別の会社に勤める奥さんは、ぴしっとしたパンツスーツに身をつつんでいる。爽やかなショートカットからは仕事ができる女感が溢《あふ》れていて、とても粋だ。

「園さんだったわよね。お久しぶり。元気してた？」

「もちろん元気です。先週は通勤途中でパンプスが壊れちゃったりして不運でしたけど、買い換えましたし、なんだか新しい靴でスッキリした気分です」

「いいわね、素敵だわ」

「そうだ、昨日お誕生日でしたよね。おめでとうございます」

「ヤダこの歳《とし》で誕生日なんてうれしくもない……なんてウソね。すごくうれしいわ、ありがとう」

言ってから、照れたように微笑《ほほえ》む。

「ついでだから、ちょっと自慢を聞いてくれる？　昨日ね、主人からプレゼントをもらったの。ずっと花だったから、こういうのはじつはすごく久しぶり」

奥さんが見せてくれたのは、耳に輝くプラチナのピアスだった。

ダイヤモンドがあしらわれたバラのモチーフで、華美過ぎないけれど洗練されたデザインだなと思う。

「今回は枯れない花にしたのね」

「大変よくお似合いです」

心の底からの感想だ。

と同時に、羽純は内心でちょっぴりふしぎに思っていた。

(萩くん、ネックレスを買っていたって言わなかったっけ……?)

それとも、羽純の聞き間違いだっただろうか?

その疑問は、すぐに解消された。

というかむしろ、解消されたが、ほかの大きな問題を運んできたと言っていい。

羽純が会社の最寄り駅で電車を降り、のんびりとコーヒーでも飲んで時間をつぶそうと、少し歩いたさきでのことだった。

「あ」

早朝営業のコーヒーショップに、部長が入っていくのを見かけたのだ。

いつもなら真っ先に声をかける羽純だが、このときはできなかった。

部長は、若い女性を伴っていたのだ。

親子ほどに歳の離れた、可愛らしい女性。爽やかな淡いブルーのブラウスに、涼しげな白のプリーツスカートをあわせていた。適度に開いた胸元には、存在感のあるネックレスが輝きを放っている。

ふたりは仲睦《むつ》まじく微笑み合いながら、楽しそうに会話をしていた。あんな部長の顔、見たことがない。

「娘さん、なわけないか」

耳元でとつぜん聞こえた声に跳ね上がる。

「は、萩くん！」

いつの間にか、背後に萩が立っていた。

一瞬、先日のことが頭をよぎる。どう接するべきか迷ったが、萩はいつもどおりの様子だった。

（なんだ……よかった）

安堵《あんど》の息を吐きかける。が、萩がガラスに顔を近づけて店内をのぞき込もうとするので、慌てて止めに入った。

「や、やめなって……」

「だってあれ、娘さんじゃないだろ。ぜんぜん似てないし」

「わかんないよ、奥さん似なのかもしれない」

言いつつ、さっき会ったばかりの奥さんの顔とはまるで似ていないとも思う。

「やめようよ」

「――だな」

萩は思いのほか、あっさりと引く。

「パパ活なんて、今時めずらしくもないし」

がつん、と後頭部を鈍器で殴られた思いだった。

「な、なにを……失礼な……」

「失礼かな？　愛人って言ったほうがいい？」

「もっとダメ！」

いや、おなじくらいダメだ。

「っていうか、勝手に決めつけちゃダメでしょ！　――そうだ、義理の娘さんかも」

部長は息子夫婦と同居している。そうだ。義理の娘で間違いない。

「でもさ。あれ、部長が奥さんにあげるって言って買ったやつだったよ、ネックレス」

言葉に詰まる。

胸元で輝くネックレスは、羽純の目にも映っていた。馬蹄形、いわゆるホースシューと呼ばれるデザインの、ダイヤがあしらわれたネックレスだった。

そして奥さんがプレゼントされたのはネックレスではなく、なぜかピアスだったことも知っている。

「だ、だからなに？」

「もしあれが義理の娘さんだったら、奥さん用だなんてウソついてごまかす必要ないじゃん。義理の娘へのプレゼントだって言えばいいんだし。必然、あれはやましい相手ってことになると思うけど」

「そんなわけないでしょ！」

もう行こう、と言って萩をひっぱる。

動転していたせいでうっかりそのまま萩を連れて別のコーヒーショップに行って、そのまま同伴出勤するはめになってしまったのだが、羽純の頭はすっかり混乱をきたしていて、最早それどころではなかったのだった。

＊＊＊

外国人観光客の目には、東京の人混《ひとご》みでだれともぶつからずに歩く日本人の姿は、とても興味深く映るのだそうだ。

その点において、今日の羽純はまったく面白味のない日本人である。

「あ、ごめんなさい」

雑踏で肩をぶつけて、頭を下げる。何度目だろう。

情けなく思いながら、夕方のオフィス街をとぼとぼと歩いた。ビル群に乱反射した西日がやけにまぶしい。

(仕事もあまり集中できなかったな。独身イケメン俳優の結婚報道でショック受けるひとって、こんな感じ?)

いや結婚報道であればまだいい。合法だし、むしろ祝福されるべき事柄だ。

それに比べてパパ活――……羽純はぶるぶると首をふった。いや、そんなはずはない。

愛妻家の部長にかぎって、妻を裏切るようなことをするはずがないではないか。

でも……。

(じゃあ、どうしてウソを……?)

萩に対してウソをつく理由がない。ウソをつくのは、正直に言うことができないような、やましい相手に贈るものだから――萩の主張が頭をよぎる。そして同時に、ピアスをもらって喜んでいた奥さんの顔も……。

「ああ、もうだめだ! やめやめめっっ!」

ガバッと頭をあげて叫ぶ。周囲がぎょっとした顔で羽純を見たが、どうでもよかった。

こういうときは、パーッと呑むにかぎる。

羽純は踵《きびす》を返し、駅とは反対方向へと歩き出した。

園羽純はおじコンにして、ぬる燗ともつ煮、もしくは冷酒と焼き鳥の組み合わせをこよなく愛するおっさん女子である。

会社帰りで呑みに行くといえば、いい感じの人情酒場。常連さんと会話をしながら、大将おすすめの酒をしっぽり味わう――のだが。

この日、羽純がくぐったのは、色あせかけた縄暖簾ではなく、ウォルナットの洋風ドアだった。

先日、萩に連れられてきたチーズ専門店『フォンテーヌ』だ。

落ち着いて洗練された雰囲気に、初来店時点ではすっかり気後れしていた羽純としては、自分でも意外に思う。

だが案外、値段もスタッフの態度も優しく、滞在中はハードルの高さを感じなかった。

それに多くの種類からチーズを選ぶ、あるいはセレクトしてもらって新たな発見をし、味わい、呑む、という体験はとても新鮮だった。

惜しむらくは先日、ふたつめのプラトーをしっかり味わうことができなかった点だ。

急用ができて帰ることにしたので、慌てて口につっこんで帰ったのだ。あれはどう考えてもやり直したい。

それに、ワインにかぎらず美味しい日本酒もあるという点もいい。

(なにより、ここには英国紳士イケオジがいる!)

元気を出すためにも、ここらで栄養を摂取しておきたい。おっちゃんがキャバクラに繰り出すのとおなじ原理である。たぶん。

羽純は勇んで、案内されたカウンター席に座った。

まだ午後六時前。日も沈んでおらず、通りに面して大きなガラス窓が嵌《は》められているので、店内は明るい。月曜ということもあってか客席の埋まり具合はまばらで、むしろ仕事帰りにチーズを買って帰るという、小売店としての客のほうが多いようだった。

「――あ、れ……店長さんは?」

チーズのリストを開きながら店内を眺めて、ふと羽純はスタッフに声をかけた。そう広くはない店内、どう見回しても英国紳士の姿がない。

案の定「本日不在」と告げられて、羽純は撃沈した。

(だめだ……もう、今日は人生で一番ダメな日だ)

がっくりしながら、プラトーを頼む。先日とおなじ、クリームチーズ、サン・マルスラン、エポワスの三種。お酒はもちろん日本酒だ。

ほどなくしてグラスに大吟醸が注がれ、あのハンサムウーマン、チーズソムリエの早乙女がプラトーを運んでくる。

「お待たせいたしました。エポワスも気に入っていただけたようでなによりです」

覚えていてくれたらしい。羽純は少しうれしくなった。前回、初心者だからと少なめだったエポワスも、陶器の匙にあふれんばかりに掬われている。

「はい、美味しかったです。今日はじっくり味わいに」

「それはうれしいお言葉です。もしチーズでなにかお尋ねになりたいことがありましたら、なんでもお声がけください」

それではごゆっくり、と笑んで、早乙女は接客へともどっていった。

羽純はさっそく、奈良漬けが混ぜ込まれたクリームチーズを味わった。

やはり、いい組み合わせだ。前菜のような雰囲気もあって、あとへの期待を高めてくれる。

つぎはサン・マルスランだ。たしか白カビ、ソフトタイプのチーズだと言っていた。しかしプラトー上のマルスランはチーズの柔らかい部分だけを掬いとったものなので、カマンベールのような白い表皮はついていない。淡いカスタードクリームのような見た目だ。添えられていた薄切りのバゲットをちぎり、小型のチーズナイフでぬる。匂いもカマンベールのような独特の刺激あるものではなく、穏やかで優しい乳製品の匂いがする。ぱくりと口に放り込み、嚙みしめると、柔らかいチーズが舌を覆った。ミルクのコクと穏やかな塩気、そしてわずかな酸味がバランスのよいチーズだ。

そして噛むほどにバゲットがチーズと一体になり、塩気と酸味を引き取ってくれる。残るのは旨味だ。これはたまらない。

(うーん！　美味しい！)

この旨味の余韻にくどさがなく、すっきりとしたお酒とにかくあう。

「——ん、やはり日本酒でマルスラン、有りかもな」

言ったのは、入店してきたばかりの男性客だ。羽純のうしろを通り掛かりしなに、こちらを見ながら独り言としてつぶやいたもののようだった。

「有りですよ」

羽純がふり向いて言うと、わずかに驚いたようにして足を止める。

羽純は相手の顔を見て、やっぱりと思った。いかにも知的な細面に細メガネ——前回となりに座っていたあの男性だ。硬質な声の調子でピンときた。

彼は少し思案するようにした後、羽純のとなりの席に着いた。

「失礼しました。あまりに美味しそうに食べていたので、つい心の声が漏れてしまいました」

言いながら、荷物を足もとのかごに収納する。チーズソムリエの早乙女がやってくると、

「秋を楽しめるものを三種」と注文する。飲み物は白ワインで、と頼んでいた。日本酒にはしないらしい。それは少し拍子抜けだが、秋を楽しめるものというオーダーは風情があるなと感心した。

「そういう注文の仕方、いいですね。手もとに来るまでも楽しみですし、説明をきいて味わうのも楽しそうです。まだちょっと私には難しいですけど。チーズのこととかぜんぜんわからないので」

「わからないからこそ、プロに任せるのでは」

羽純はまばたく。なるほど、たしかにそうだ。

ところで、と男性は言う。

「先日はうまく帰れましたか？」

「え、あ、はい」

「ならよかったです」

よかったという言葉とは裏腹に、表情にはとくに安堵の色はない。こちらに向かって笑むこともなくて、となりに座ったわりにとにかく愛想のない人だ。だからこそ、ナンパのような雰囲気がなくて警戒せずに済むのだが。

……にしても、うまく帰れましたか？　とは。

言い方がちょっと気になる。

気になるといえばあのときの、『電話が鳴っていましたよ』という声かけも少し引っかかっていた。

羽純の電話が鳴っていたと勘違いをしたということは、それなりに音は近かったはずだ。羽純にだって聞こえていてもおかしくないのだが、思い当たる記憶がない。

(もしかして、着信音が鳴っていたというのは、そもそもウソなんじゃ……)

そう疑っている。

でもだとしたら、どうしてそんなウソを?

「……もしかしてあのとき、私が帰る口実をつくれるように助けてくれました?」

だから羽純が画面を確認しようとしたとき、それを止めてパウダールームまで行くよう忠告をしたのでは……?

よく考えてもみれば、着信の確認だけで止めるなんて不自然だ。

「あの、ありがとうございました。じつはすごく助かりました」

とつぜん横から口を挟んできたときには驚いたけれど、なかなか機転が利くひとのようだ。それに見た目によらずと言ったら失礼だけれど、親切というか、おせっかいなひとでもある。

彼は羽純が礼を言っても、うんともすんとも言わない。ちらりとこちらを一瞥しただけで、あとはじっとカウンター内の早乙女の動きを目で追っている。正確には、その手もとだ。チーズプラトーをつくる作業を眺めているらしい。

もしかしたらメガネの彼がとなりに座ったのは、べつに羽純に話しかけられたからとか先週のことがあったからとかはまったくもって関係がなく、単にプラトーづくりがよく見える場所を選んだだけのことなのかもしれない。

ちなみに羽純の場所からは、早乙女が白くて丸いチーズを持ってきたところしか見えなかった。カマンベールのようにも見えたが、笹の葉っぱが一枚、おにぎりを包む海苔《のり》のような感じであしらわれていた。カットするところや盛り付ける作業もぜひ見てみたいものだが、目の前にならんだコンポート皿が邪魔になっていて、手もとはわからない。身長の問題だが残念だ。

羽純はエポワスをバゲットに取った。口に入れる前に匂いをかいでみる。チーズのいい匂いと同時に、たしかにかぎなれない独特な匂いが漂ってくる。『神様のお御足』とのことだったが、足の裏とはちがう匂いだ。その点には大いに安心する。

こちらもとろとろで、食べるとねっとりと舌に絡みつくチーズだった。さきほどのマルスランよりも、ぐっと濃厚なコクと塩味の主張を感じる。正直、単独で食べるとしたら強烈すぎるだろう。しかしこちらもバゲットが最高の仕事をしてくれて、どこまでも後を引く美味さに変えてくれる。

「はぁ……チーズとバゲット、相性最高」

羽純が吐息を漏らすと、メガネさんは少し悔しそうな顔でこちらを見た。早く食べたいのだろう。

お先に失礼、と思いながら、もう一口。う〜ん、美味しい。

「お待たせいたしました」

ついに早乙女がやってきた。

もぐもぐ食べて呑みながら、羽純もプラトーに注目する。

運ばれてきたのは木製の皿だった。

「右からまずは、シェーブルチーズの『茶臼岳《ちゃうすだけ》』です」

そう言って早乙女が示したのは、角のある櫛形《くしがた》に切り出されたチーズだ。断面は純白できめ細かく、表皮はしわしわとしていて黒っぽい。

羽純はつい縄暖簾で呑んでいるときのように、気軽に「黒いのはカビですか？」と横から尋ねてしまう。早乙女がこちらに笑んだ。

「いいえ、これは木炭の粉です。また、自然の青かびがついていることもございます」

山羊乳を使用したシェーブルタイプのチーズのなかには、熟成中の水分保持や殺菌などの目的のために、表面に木炭粉をまぶしてつくるものもあるそうだ。風味を損ねるようなことはなく、そのまま食べるものだそう。

「そして添えてありますのは、イチジクのフレッシュジャムです。茶臼岳は、栃木県は那須町のチーズで、ジャムに使用したイチジクもまた那須町を産地としております」

茶臼岳の生産は秋までで、この秋まさにつくりたてのもの。イチジクは秋果種がいままさに旬なのだそうだ。

「那須の秋の味ってことですね」

羽純は感心した。秋を楽しめるものを、との注文通りだ。

メガネさんはじっとチーズに見入っている。

「そして真ん中が『笹ゆき』。北海道のチーズです。北海道に自生するクマ笹入りの塩が使用されております」

さっき羽純からも見えたチーズだ。

円形だったチーズは、プラトーの上では三角にカットされてある。その下にはリンゴの薄切りが敷かれていた。

「クマ笹には抗菌、防腐効果があるとされ、その効果によって、白かびチーズでありながら白かび特有の匂いが少なく食べやすいチーズとなっております。今回は白ワインとのことでしたので、熟成具合の浅いものをご用意いたしました。下のリンゴも産地を合わせまして、北海道産の『つがる』でございます」

今度は北海道の秋だ。

ところがメガネさんは言う。

「笹ゆきは、どちらかと言うと冬っぽく見えますね。これは名前も見た目も〝雪〟ですから」

「そんなことはございません。クマは冬眠前の秋に、クマ笹を大量に食します。こちらはそのクマ笹塩を使用しておりますので、秋のチーズとしてもじゅうぶんお楽しみいただけます。ぜひ冬眠前のヒグマの気分でお召し上がりください」

「なるほど」

これには、メガネさんも笑った。

そして最後に早乙女が指したのは、カボチャのチップスにのったチーズだ。

きれいなクリーム色をしており、加熱による焼き目ができて、半分とろけた状態になっている。

「最後が長野県、『山のチーズ』。山のチーズという名の、山のチーズです。こちらは貴重なブラウンスイス牛を長野の高地で自然放牧して得た夏ミルクを使用し、非常にこだわってつくられた半硬質のウォッシュチーズです。火を通すといっそう美味ですので、バーナーであぶり、秋野菜のカボチャチップスと合わせました。――以上、三種となります。いかがでしょうか」

「ありがとう」

それからグラスに淡い黄緑色のワインが注がれる。ハウスワインは日によって銘柄が変わるらしい。彼は早乙女から説明をうけていたが、羽純は聞こえてきた言葉のほとんどが理解できなかった。

グラスが空《から》になったので、羽純も二杯目を頼む。チーズももうなくなる。

つぎは何を食べよう。どんな注文をしてみようか。チーズリストを眺めながら頭を悩ませる時間も楽しい。贅沢な時間の使い方だ。新垣店長がいなかったことは残念だけれど、来てよかったと思う。

メガネさんもすっかり羽純の存在を忘れたように、チーズとワインに専念している。表情の豊かな人ではないようだが、眉間《みけん》の寄り方がいかにも美味さを物語っている。

外がだんだん夕暮れの色になってきて、テーブル席はいつのまにか満席になっていた。カウンターもじき埋まるだろう。

(それにしても、チーズソムリエってすごいな)

視線で早乙女を追う。彼女なら、客のどんな困難なリクエストにでも応えることができるのではないか。そんなふうに思う。

「グラスにまだあるワインにあわせて、もうひとつチーズはいかがですか？」

早乙女は手が空けば、数種類のチーズをのせたトレーを手に、店内を回る。

「お客様、白かびチーズと青かびチーズの両方の風味を備えた『カンボゾラ』でしたら、フルボディの赤だけでなく、中甘口でフルーティな白ともたいへんよいマリアージュをお楽しみいただけますよ。お試しになりませんか？」

などとグラスが空きそうな客に声をかけ、ワインをすすめたりもしている。

それればかりか、客とこの夏に流行ったホラー映画の話で盛り上がったかと思えば、ちょっと悪だくみのような顔をして、

「では、寝る前に食べると悪夢を見るといわれるチーズ、『スティルトン』で、今夜も絶叫してみるのはいかがでしょうか？」

などと提案し、テイクアウトの注文をもらったりもしていた。

「悪夢を見るチーズ……？」

羽純もついつい気になってしまう。なんだそれは。

「前に英国チーズ委員会が行った調査発表のやつですよ」

メガネさんが言うには、みんなが必ず悪夢を見るというわけではないらしいが、実験としてはかなり興味深い結果が出たという。

「いつだったか、乳酸菌飲料で悪夢を見るとか話題になったでしょう。あれとおなじです。菌が腸に作用して、さらに腸が脳に作用しているのではないかという話ですよ。ナチュラルチーズも乳酸菌飲料と同様、菌が生きていますから」

「へえ、面白そうですね。ぜったいやらないですけど」

ひとり暮らしで悪夢は怖すぎる。

早乙女は、海外の海賊版サイトへの愚痴をこぼす出版社勤務の男性客には〝海賊版と戦い抜いたチーズ〟だという『ロックフォール』をすすめてサーブし、それからこちらへやってくる。

「お客さま、チーズを楽しんでいただけているでしょうか」

「もちろんです」

「それはようございました。日本酒にあうチーズも、まだまだございますよ。たとえば、はじめてご来店の日に紅茶で召し上がっていただいたコンテですが、こちらとんでもなく純米吟醸にあうチーズとしても評判を得ております」

「わかります。ぜったいあうだろうなと思っていました。でもすごく迷うところですけど、いまはぜひリンゴとチーズの組み合わせを食べてみたくて」

「承知いたしました。青かびチーズに苦手意識はございますか？」

「食べたことがないので、できればそれ以外でお願いします。三種のプラトーで」

ついでにもう一杯、お酒を頼む。二杯目はすでに空だ。

「ペースが速いのでは？」

メガネさんが言う。

「ザルでいくらでも呑めるというふうには見えませんが。少しペースを落としたほうがいいですよ。だいぶ回ってきているように見えます」

「わかってます。……でも、呑みたい日ってあるじゃないですか」

メガネさんはワイングラスを傾けつつ、話を聞いてくれる雰囲気だ。人情酒場か？　と思いつつ、「じつは……」と羽純は日本酒ちびちび、事情を話した。

職場の部長が最高に渋いハードボイルド系のイケオジで、日々の活力源だったこと。愛妻家であるというギャップもまた素敵だったこと。ところが、突如としてパパ活疑惑が出てきてしまったこと――。

「信じようにも、じゃあなんで奥さんへのプレゼントだなんてウソをついたのかって、そこがどうしても気になってしまって……あぁ、つらい」

「はあ……なるほど。相手を想像で理想化して憧れておいて、現実が見えたとたんに勝手に失望して落ち込んでいるというわけですね」

「ち、ちがいます！　メガネさんひどい」

「メガネではなく満島《みつしま》です。小学生みたいなあだ名をつけないでください」

「あ、すいません。私は園です。って、そうじゃなくて」

「もしかして園さん、『アイドルはトイレで排便なんてしない。マシュマロを出すんだ』みたいな思考のタイプです？」

「そこまでじゃ……ないですけど」

どこが人情酒場。ぜんぜん冷たいわ。

「でも、私のおじコン趣味は置いておくにしても、ピアスをよろこんでいた奥さんのことを思うと……ちょっとなんとも言えない気持ちです。あのネックレス、たまたまおなじホースシューのデザインだったっていうだけで、部長が買ったものとはちがうといいなって思います」

羽純がしんみりしたところで、新たなチーズプラトーが届いた。

カマンベールのような見た目の、白かびタイプのチーズが三種だ。

リンゴ有りとリンゴ無しで、それぞれのチーズを味わうことができるようになっている。初心者である羽純にはチーズそのものの味も知って楽しんでもらいたい、との心遣いだった。感激だ。

「……あぁ！　ジューシーで、リンゴの酸味がすごくあう！」

「はい。白かびタイプのチーズと酸味があるフルーツは、とてもよくあうのです。それにリンゴに多く含まれるカリウムには、余分な塩分を体から排出するはたらきがあります。ですので機能面としても優秀な相棒なのですよ」

なにそれ優秀過ぎる。

一時、部長の件は忘れて、羽純はありがたくチーズ界の相棒コンビを堪能するのだった。

ところが、残念ながらその現実逃避も長くはつづかなかったのである。

「園さん！」

掛けられた声にぎくりとする。申し合わせたわけでもないのに、たまたま萩も来店してしまったのだ。

（そりゃそうか……ここ、萩くんに教えてもらったお店だし）

しかし正直まいったなと思う。萩のことはきらいではないが、特段親睦を深めたい相手でもない。

それに先日一緒に呑んで感じたことだが、萩が距離を縮めようとしているのは、今のおっさん女子と化した羽純ではなく、キラキラ女子を目指していた新入社員のころの羽純なのではないか。そんなふうに思うのだ。

人間、見た目の第一印象ですべては決まる——そんな言葉があるけれど、いつまでも過去の印象を引きずられても困る。ここにいるのは、キラキラ女子をあきらめた女なのだから。

「ここにいたんだ。偶然だね。この店気に入ってくれたんだ？」

萩はそう言いながら、羽純のとなりに腰掛ける。となりが空いていたとは、なんてこった。

「いや、そろそろ帰るところだけどね……」

「そうなの？　残念だな。まあ高齢のおばあちゃんが入院しちゃったんだもんね、気になるか」

「うん。そんなところ」

羽純が前回帰るために駆使したウソである。申しわけない。

萩が銘柄を指定してワインを頼む。ちょっと得意げに、「このワインはガメイ種特有のトロピカルフルーツ調の香りがよくてさ、残暑の季節にたまらないんだ」などと語った。

「そういや驚いたよなぁ、部長のパパ活」

ワイン語りをしながらチーズを頼み終えると、途端、今度は羽純が一番忘れたい話題を蒸し返す。

「あはは……やめてよ萩くん。恨むから」

「え、ごめんて。でもさ、園さんもこれに懲《こ》りておじコンとかもうやめたら？　アイドルを推せとは言わないけど、もっと現実で男を見たほうが楽しいと思うよ、俺」

「うちねぇ、図体《ずうたい》がでかくてガサツで汗臭くてムワッとむさ苦しい男ばかりの家庭だったの。現実の男は生まれた瞬間からそうやってずっと見て育ってきたから、もうじゅうぶん。結構ですって感じなんだわ」

むしろ部長であるとかこの店の店長であるとか、スマートで紳士的なイケオジが目新しくて、輝いて見える。ファンタジー世界の住人のようだ。

「それなのに、あぁ部長……」

だめだ。もう泣けてきた。

「早乙女さん、水を」

そうカウンターに声をかけたのは満島だった。ミネラルウォーターが注がれたグラスがすぐに出てきて、羽純の前に置かれる。

「え？」

「呑みすぎですよ」

「ありがとう……ございます」

礼を言って、冷たい水に口をつける。その様子をぽかんと見ていた萩が、ようやく
「あ！」と声をあげる。

「おまえ、こないだの！」

「先日は失礼いたしました」

声を荒らげかけた萩を制して、満島が立ちあがり、慇懃《いんぎん》に腰から頭を下げる。

「俺の母親はモラハラ父に苦しめられ、馬車馬のようにこき使われたあげくに若くして病死しました。先日のあなたの言葉がモラハラ父とあまりにおなじであったもので、こちらの女性を苦しめているのかと、モラハラ男であるのかと、つい口を挟んでしまいました。誤解でしたら、どうかお許しください」

「お、おう、いいよ……わかったよ」

俺、モラハラじゃないし、と萩は多少動揺しつつ矛《ほこ》を収めた。

（満島さんには、そんな家庭の事情が……）

矢継ぎ早に語られた身の上に、きっとよほどつらい思いをしたのだろうと同情する。

ところがである。満島が席に戻る瞬間、小さく「まあウソですが」とつぶやいたのが聞こえて白目を剝《む》いた。ウソなんかい！

なんてひとだ。一気に酔いが醒《さ》めた。

考えてみたら、そんな酔っぱらうほども呑んでいない。精神的な問題だったのだろう。

「お、見て見て園さん、このチーズ」

チーズとワインが届いて、それらに口をつけながら萩が言う。

指しているのは皿の上ではなく、チーズリストだ。

「ホースシューのチーズがある」

「げっ」

反射的に見て、思わず嫌な声が出る。

そこにはたしかに馬蹄形をしたチーズの写真が掲載されていた。

綿毛のようなふわふわとしたものに覆われた、真っ白なチーズだ。

「フランス産、白かびタイプの『バラカ』……」

不吉だなと思いながら、つい名前をチェックしてしまう。

羽純のミネラルウォーターを足しに来てくれた早乙女が、すかさず「お召し上がりになりますか？」と訊いてくる。

「……ちなみにこの写真のふわふわってカビなんですか？

　気になって尋ねる。手もとのプラトーにある白かびチーズとは、表皮の状態がまったくちがう。手もとのものはカマンベールのような、白くてつるりとした表皮だ。だがバラカのほうは、小動物の毛並みのようにふんわりとしている。カビらしいといえばカビらしいのかもしれないが、こういうチーズは見たことがない。

「はい。白かび熟成のチーズですので」

「食べられるんですよね？」

　念のため訊いてみる。もちろんです、と早乙女は答えた。

「とはいえ、白かびチーズの表皮には特有の味がありますので、好まれない方は外して召し上がるのもよろしいかと」

「食べてみる？」

　萩が訊く。羽純は微妙な気分で唸《うな》った。

「ううん……」

　味はもちろん気になる。気になるのだが、あえていまこのタイミングでこの形のチーズを楽しむことはないんじゃないか。

縁起が悪いというのとはちがうが、なんだか気が進まない。

「いまはちょっと、そういう気分じゃないかな……」

すみません、と早乙女にも断ろうとしたが、さきに頭を下げたのは早乙女だった。

「失礼ながら、先日とさきほどの、プレゼントにまつわる件はわたくしにも聞こえておりました」

「え？」

盗み聞きをしていたわけではないが、チーズソムリエは客のニーズを把握して適切なチーズを選ぶために、客席をつねに観察しているのだという。チーズへの関心度や、食べ慣れているか否か、どういったものを好むのか、そしてチーズに興味を持ってもらえるような話題へのとっかかりがあるかどうか。そういったなかで、自然と耳に入ってしまったとのことだった。

早乙女は無礼を詫《わ》びてから、萩へと顔を向ける。

「ところでお客様、ひとつクイズがございます。正解されましたら、いまお飲みになっているアルベール・ビショーのボージョレー・ヴィラージュをボトルごとプレゼントさせていただきたいのですが」

「え、マジで？ラッキー」

なんだ？　突然なぜクイズ？　そしてホースシューの話はどこ行った？

困惑して満島と顔を見合わせる。満島もやはり事態が呑み込めていないようだった。

これはいったい……。早乙女の意図がわからない。

「では問題です。うちの鬼嫁――いえ、うちの嫁さんの『嫁』は英語でなんというでしょうか？」

「うちの嫁さん？　なに、刑事コロンボの口癖のやつ？」

「いや萩くん、それは『うちのカミさん』だから。実家のおばあちゃんがよく見てた」

というか萩もよく知ってるな。二十代なのに。

「なに言ってるの園さん、英語ならどっちでもおなじだから」

萩は得意げに口の端をあげた。

「簡単だな。これって、嫁だからお嫁さんを連想させて『bride』って言わせようとするひっかけ問題だね。実際へんな翻訳機能とか使うと出ちゃうんだよなあ。――正解は妻だから『wife』。超簡単」

ドヤァといわんばかりの顔だった。しかし、

「以上ですか？」

「え、以上って……？」

早乙女は、にっこりと笑む。

「すべての原因は、きっとここです」

それは、どういう意味だろう。

「お客様、残念ながら今回のクイズ、答えとしては不完全です。惜しかったですね」

「は？」

「とはいえ、ただ不完全であっただけで間違いとは言い切れませんので、グラス一杯をサービスさせていただきます」

「え、待ってなんでなんで？」

「答えは『wife』だけでは足りないのです。テレビなどで、某・元女子プロレスラーを指して鬼嫁と呼んだり、関西芸人テッパンの『うちの嫁はんが～』というネタでおなじみの『嫁』という言葉ですが、これは本来『妻』ではなく家に嫁ぎ入る者、『息子の妻』を指す言葉だからです」

言われて萩はぽかんとし、それから「あ……」と声をあげた。

早乙女はつづける。

「今では対外的に妻を指していう言葉として、『うちの嫁がさぁ』などと使う方も多いですし、辞書にも載っておりますから間違いではありません。けれども聞く側にとって、誤解を生みやすい言葉ではありますね。ひとつの言葉が、ふたつの立場のべつべつな人物を指してしまうのですから。ですので、完璧な答えとしましては『daughter-in-law（義理の娘）』、もしくは『my son's wife（息子の妻）』もなければ正解とは言えないのです」

（ん？）

……ようやく、早乙女が言わんとしていることが理解できてきた。

「萩くん！」

羽純は萩に摑《つか》みかからん勢いで詰問する。

「部長は、部長はジュエリーショップでホントはなんて言ってたの⁉　萩くんフィルターは要《い》らないから、一言一句正確に教えて‼」

「あ、え、ええと……」

萩も誤解に気がついたようで、気まずそうに頰を搔《か》く。

「『嫁さんの誕生日プレゼント』『いつも世話になってるから』って……」

「‼」

早乙女は、やっぱりと言うように微笑んだ。

「その『嫁さん』とは奥様のことではなく、ご子息の奥様、つまり義理の娘さんを指して言ったものだったのではないでしょうか」

「そう、そう！　絶対そう！」

羽純は奥さんの誕生日は知っているが、義理の娘さんの誕生日までは知らなかった。ふたりの誕生日がおなじ、あるいは近接していてもなにもおかしくはない。

それに部長の家は二世帯だ。息子夫婦と同居しているという。いつも世話になっている、という言葉もなんら齟齬《そご》がない。

つまり羽純と萩が目撃した若い女性は、パパ活女子でも不倫相手でもなんでもなく、神林部長の義理の娘だったのだ。正しく『嫁さん』だったわけだ。嫁さんと聞いて勝手に萩が奥さんのことだと思いこんだだけで、ウソをついてはいなかった！

「なんだ、よかったぁ〜……」

もう脱力してしまう。なんという勘違い。

「お客さま、馬蹄を表すバラカとは、アラビア語で祝福を意味します。また西欧では古くより馬蹄は魔除《まよ》けであり、幸運の象徴であり、花嫁の幸せを願って贈るお守りでもありました。大切なお嫁さんに贈るのにぴったりのプレゼントであったのではないかと、わたくしは考えます」

「さすが部長です」

奥さんには枯れない愛の花を贈り、お嫁さんには幸せを願うホースシューを贈った。素敵ここに極まれり。やっぱり推して生きていく。

羽純はグラスを掲げ、のどを潤した。嗚呼《ああ》、ミネラルウォーターが格別にうまい。

「問題は解決いたしましたでしょうか？」

「はい、ありがとうございます」

恩人よ！　と心で喝采《かっさい》しかけたところで、早乙女の目がキランと光った……ような気がした。

早乙女はどこから取りだしたのか、白かびチーズのバラカを掲げる。

「ホースシューのモチーフが相手の幸せを願う贈り物であるように、こちらのバラカもまた、フランスでは幸福を呼ぶチーズとして重宝されております。牛の乳に生クリームを加えたダブルクリーム製法でつくられ、こってりと濃厚な味わいが特徴のチーズです」

「へえ、生クリーム」

感心する羽純のとなりで、「はじまったぞ、早乙女さんのチーズサジェスト」と満島が少しあきれ顔だ。

「バターを思わせるマイルドな香り。味わいもまたクリーミィでコクがあり、濃厚なバターを口に含んだかのように感じさせます。しかし決してくどくはなく、適度な塩味がありますので、後口の爽やかなチーズです。リンゴとの相性はもう抜群。お手もとの大吟醸、そしてフルーティなライトボディの赤にもたいへんよくあいますよ。この機会にマリアージュをお試しになるのはいかがでしょうか？」

「せっかくなので下さい！　あと大吟醸をもう一杯！」

チーズと出会い、チーズとの夜は更けてゆく。

羽純にとってこの店との出会いこそが、まさに幸福だったと思えた夜だった。

二話　疑惑のチーズ

十月に入っても、秋とはなにか、四季とはなにか？　とだれかに問いかけたくなるほどの夏日がつづいていたが、ここにきてようやく気温も落ち着いたようだった。

長引く暑さにうんざりとしていた羽純は、待ちに待った秋の到来を歓迎した。日本中が諸手《もろて》を上げての大歓迎だったことだろう。

ただ、突如これまでの最低気温が最高気温へと切り替わったので、困ったのは服装だ。羽純はあわてて圧縮収納されていた秋コートとニットを引っ張り出し、ベランダでパンパンはたいただけで袖を通して家を出た。

なるべく空いている電車を選んで、のんびりと都心部へと向かう。土曜の日中なので、スーツを着たサラリーマン集団はみられない。それだけでふしぎと解放感があった。

いつものオフィス街を歩く人々の服装はカジュアルで、いかにも休日であることが実感できる風景だった。行きかうだれもの表情には余裕があって、穏やかな空気が流れているように思える。空が晴れて、気持ちがいいからかもしれない。

羽純は大通りから一本裏へと入った。ようやく見えたのは目的の店だ。

オーニングがせり出したおしゃれな外観に、通りに面した大きなガラス窓。ウォルナットのドアのわきには、本日のおすすめチーズが書かれたブラックボードが置かれてある。

羽純のお気に入り、チーズ専門店『フォンテーヌ』だ。

ボードに書かれた「お待たせしました　モン・ドール入荷です」の文字を眺めてから、ドアをくぐった。

「あら、園さん。いらっしゃいませ」

「こんにちは」

ショーケースのむこうから迎えてくれたのは、チーズソムリエの早乙女だ。しっかりセットされた宝塚トップスターのような髪型はとてもかっこよくて、くっきりとした顔立ちによく似合っている。

そしてもうひとり……と、お目当ての〝目から取る栄養〟こと英国紳士イケオジをさがして、きょろきょろと店内を眺める。しかし残念ながら新垣店長の姿はない。留守のようだった。

「そんながっかりなさらずに。店長がいなくても、素敵なチーズはたくさんありますから」

早乙女は明るく笑う。

羽純がはじめてこの『フォンテーヌ』を訪れてから、一か月以上が過ぎた。

すっかりチーズの魅力と面白さにハマった羽純が幾度か通ううち、名前はおろか、イケオジ好きであることもまるっと知られてしまったのである。

「園さん、お昼のご来店は初ではありませんか？」

「はい。いくつか買って帰りたくて」

「ではどうぞごゆっくりお選びください。お手伝いできることがございましたら、なんなりとお申し付けくださいませ」

「ありがとうございます」

初めて訪れる昼間の『フォンテーヌ』は、夜とはまったく異なる雰囲気に見えた。

夜は橙色の照明で大人の雰囲気であるのに対して、店内はとても明るくて華やかだ。

羽純が普段お酒を呑んでいるスペースは喫茶になっていて、コーヒーあるいは紅茶などを片手に、のんびりとチーズプラトーを楽しむ女性客らの姿がある。夜はどちらかというと男性客が多い印象なので、客層も異なるらしい。

国内外を問わず集められた多種多様なチーズがならぶショーケースの前では、あれこれと目移りしながら楽しそうに品を選ぶ女性たちがいた。早乙女はチーズの分類や特徴を、パンフレットを用いて丁寧に説明している。

羽純もせっかくだからとパンフレットを手に取った。販売はワンカットから可能だそうで、取り寄せなどもできるという。事前に連絡をもらえれば、チーズの熟成ぐあいも希望に沿ったものを用意するとのことだった。もちろん、あわせてワインの販売も行っている。

(へえ、チーズの頒布会もやってるんだ。え、月一回のチーズビュッフェ⁉)

いいなと思ったが、現在お休み中とのこと。

残念に思っていると、ショーケースでチーズを眺めていた女性客が、友人らしき連れに

「チーズって、こんなにたくさんあるんだねえ」と話しかけているのが聞こえた。

「どれにしようか迷っちゃうよ」

「じゃあさ、せっかくだからちょっとずつ色んな種類を持って行かない?」

わかるわかるその気持ち、と、羽純は会話を聞きながら心のなかでうなずいた。

(ワンカットから買えちゃうから、手ごろなのもいいよね)

チーズによっては正直、目玉が飛び出るんじゃないかと思うような価格のものもある。

けれどもワンカットなら求めやすくなるし、丸々買って食べきれないといった心配もない。

けれど女性客は、困ったように眉をよせた。

「うーん、でもおばあちゃん、そんなにたくさんは食べられないんじゃない？　しょっぱいのもよくないし」

「ご心配にはおよびません」

そう言ったのはもちろん早乙女だ。

「チーズの含塩量はそれぞれによって異なっておりますので、お任せいただければ塩分の少ないものをご紹介させていただきます。確認ですけれども、おばあさまへの贈り物でございますね？」

「はい。ひとり暮らしの様子を見に行くので、ちょっと手土産に」

「おばあちゃんにこのお店のこと話したら、食べてみたいって」

「なるほど。なんて素敵なお孫さんたちでしょう、おばあさまもきっと喜ばれますよ」

それから、いくつか塩分がひかえめであるというチーズを紹介した。

どれにしようか悩む彼女たちに、早乙女は温かな口調で声をかける。

「妊婦さんへのナチュラルチーズの贈答はおすすめいたしかねますが、おばあさまへの手土産にチーズという選択は、じつはとても健康的で最適な贈り物であるとわたくしは思います」

「え？」

「チーズはしょっぱくてコレステロール値が高くて太る――そのようなイメージはございませんか？」

チーズ店で「はい」とは言いかねるのか、姉妹は戸惑うように顔を見合わせる。

早乙女は穏やかにつづけた。

「けれどもそれらは古い感覚によるイメージです。たとえば、健康のために塩分を減らそうとする理由の多くが高血圧予防ですが、チーズ中のカリウムには余分なナトリウムを排出する効果がありますし、チーズに多く含まれるカルシウムやある種のペプチドには、むしろ血圧を下げる作用があると研究でわかってきているのです」

（へー）

姉妹と一緒になって感心してしまう。

「それにチーズなどの乳脂肪は消化過程で分解されやすく、体に蓄積されにくいとのこと。アメリカでは、その豊富なカルシウムが肥満を抑制するとの研究報告もあります。チーズは美味しいだけでなく、機能性の高い食品としても期待されているのですよ」

ほかに早乙女は、高齢女性に多い骨粗しょう症の予防になることや、不足しやすいタンパク源としての有効性などを説明した。

なお、非加熱のナチュラルチーズにはリステア菌潜伏の危険性があるため、妊婦の摂取は推奨されないのだという。

姉妹は聞き終えると、目を輝かせて祖母への手土産を選びはじめる。ついつい多く選び過ぎてしまったようだが、最終的には「お茶を淹《い》れて、おばあちゃんと一緒に食べよう」と喜んでいた。

姉妹が選んだ世界のチーズアソートをひろげ、ひとり暮らしのおばあさんの食卓にはひととき、きっと会話と笑顔の花が咲くことだろう。

想像してほっこりと胸が温かくなった。

「園さんは、お困りのことはございませんか？」

早乙女は、頃合いよく羽純に声をかけてくれる。目的は決まっていたがゆっくりショーケースを見たかったので、ここはさすがのタイミングだと感心する。

「じつは羊のチーズが欲しくて。ブルビでしたっけ」

初来店のとき、ハーブをまとったフルール・デュ・マキを食べた。羊の乳というもの自体が初体験だったけれど、美味しかったのを覚えている。

「ご自宅用でしょうか？」

「いえ。じつは今度、友達と食事会をするんですけど、そのなかにひとり乳製品アレルギーをもっている子がいて。でもこの間ネットでレシピの検索をしてたら、羊のチーズならアレルギーでも食べられるって書いてあったんです」

ほんとうは食事会と言いつつ家呑み会なのだが、ちょっと格好つけてしまった。

なるほど、と早乙女はあごに手をあてて考え込む。

すぐにいくつか見繕ってくれると思っていた羽純は、あれ、と思った。それに早乙女の表情が暗い。

「……残念ですが、ご期待に沿うことができません」

「え⁉」

「ご説明をさせていただきます。まず乳製品アレルギーというのは、牛乳に含まれるタンパク質の一部が原因となって引き起こされるアレルギー反応です。この原因物質である乳タンパクの構造は、たしかに牛と羊とでは異なっておりまして、羊乳はアレルギー表示の対象外食品となっております。羊にかぎらず、山羊乳も同様に対象外です」

うん？　ではやはり、ブルビもシェーブルも大丈夫なのでは？

そう思ったが、早乙女はつづけた。

「ところが異なるものであるとはいえ、これら牛乳、山羊乳、羊乳のタンパク質の構造は非常に似通っておりまして、実際には交差反応を引き起こす危険性が指摘されているのです」

交差反応とは、アレルゲンと構造の似た物質に反応してしまうことだという。

「え……じゃあネットのレシピは？」

「ネットや、下手をすればチーズ専門書であっても、シェーブルやブルビを〝アレルギーのある方におすすめ〟などと謳《うた》っているものがございます。改善されるとよいのですが……」

憂いの深い表情だ。

「教えてくださってありがとうございます」

羽純は頭を下げた。

「もし早乙女さんに相談しないでネット通販とかで取り寄せていたら、大変なことになるところでした」

「当店でも代替チーズをあつかっていればよかったのですが」

早乙女が言うに、植物油脂でつくられたアレルギー対応チーズがあるのだという。

「教えてくださり助かります。通販で探してみます」

「お力になれず申しわけありません」

そんなことないと首をふってから、羽純は喫茶のほうを指さした。

「せっかくなので、今日は自分用にちょっとだけ食べてから帰ろうと思います」

チーズの機能性という話を聞いたので、ますます安心して食べることができる。

「山羊の乳は、豊富なミネラルやビタミンが含まれていて、とても栄養価が高いのが特徴です。味としてはややあっさりとしており、独特の風味もあります」

その風味の強さは、餌や搾乳後の環境によるところが大きいという。

「チーズとしては、色は純白、あっさりとしてヨーグルトのような酸味が感じられるのが特徴です」

羽純は早乙女の説明を聞きながら、テーブル上のチーズを眺めた。

昼限定のチーズトライセットだ。ほんの一口ずつ三種類、味見のように挑戦することができる。パンとコンソメのスープ付きだ。

羽純はシェーブルチーズのトライセットを頼んでいた。

「右から、『シャブルー』、『サントモール』、『シェーブル』となっております。シャブルーはフランス産、サントモールとシェーブルは茨城県で生産されたものとなっております」

シャブルーは角のある櫛形のカット、サントモールは輪切り、そのまんまの名前のシェーブルは三角のカットだ。枝豆のような形のかわいい陶器の皿に盛られていて、トレーにはブリオッシュのパンとスープのほか、チーズ用にジャムとオリーブオイルが小型のミルクピッチャーに入れて添えられている。

「山羊乳のチーズは日本人にはなじみが薄く、抵抗がある方も多くいらっしゃいますので、まずはあっさりとフレッシュな味わいをお楽しみいただけるものを二種、そして味の変化をお楽しみいただけるように白かび熟成のものを一種でご用意いたしました。どうぞごゆっくりお楽しみくださ い」

そのまんまの名前の『シェーブル』が白かび熟成のようだ。

まずは最初のシャブルーから。

はじめての山羊乳チーズで、ドキドキする。ちょっとネガティブなイメージもあるので、おそるおそるスプーンを手に取った。

スプーンのさきを入れると、感触はしっとりしつつもほろりと崩れる。嗅ぐと、たしかにヨーグルトのような酸っぱさのある匂いがした。

「いただきます」

えいっと口に入れる。

（お！　ん、おぉ！）

瞬間、爽やかな酸味が舌にひろがった。とても口溶けがよく、最後にはミルクのコクがまったりと口のなかに残る。甘くないレアチーズケーキのような印象だ。心配していたような臭みは感じられない。

ベリーのジャムが添えられていたので、今度はそれと一緒にいただく。

(ああ、これはもう完全にレアチーズケーキ!)

爽やかでいて濃厚。これはおいしい。

なんで今まで食べたことがなかったんだろうと後悔する。ただ、日本酒にあわせるのは少し難しそうだ。このまったりとしたミルク感には、ホットコーヒーなんていいかもしれないなどと思う。

熟成の浅いシェーブルチーズの時期は秋ごろまでと以前聞いていたから、買って帰るなら今のうちなのだろう。

羽純はサントモールを買い、ほくほく顔で帰宅した。

＊＊＊

羽純にとって社会人になったいまも付き合いがある友人は、大学時代にできたマコ、珠《じゅ》莉《り》、心愛《ここな》の三人だけだ。

特段友達の多い人生は歩んでこなかったから、むしろ三人も残っているのは奇跡的なことだと思う。もちろん、少ないからこそ大切にしてきたし、これからもそうでありたいと思っている。

マコは、はきはきとものを言うお姉さんタイプで、珠莉はまじめな優等生タイプ、心愛はちょっぴりわがままなところはあるものの、天真爛漫《てんしんらんまん》な性格でみんなの妹的な存在で――乳製品アレルギーを持っているのが、その心愛だった。

「子供のころよりもよくはなったけど、まだ蕁麻疹《じんましん》は出ちゃうから……」

大学時代、お昼は学食の和定食、もしくはお弁当持参。断固として外食につきあわない心愛に理由を訊くと、彼女はさみしそうにアレルギーであることを教えてくれた。

「外食だとなにに乳製品がつかわれてるかわからないし……。蕁麻疹で死ぬわけじゃないけど、顔にも出ちゃうんだ。肌もボロボロになるし、女子としてはつらいでしょ？」

蕁麻疹が出てしばらくは肌にもダメージが残るらしく、紫外線でシミができやすくなるのだという。じっさい心愛の口もとには小さなシミがあって、ひどく気にしているようだった。

焼肉屋とか焼鳥屋ならわりと安心していけると教えてくれた心愛に、「手づくりご飯でパーティーをしよう！」と提案したのは、勉強熱心な珠莉だったと記憶している。スイーツ好きなマコが、デザートが少ない焼肉屋に難色を示したからだろう。自分たちで料理を用意すれば安全だし、好きなものが食べられるという提案だった。

それから在学中は月一回から数か月に一回、だれかの家であつまって乳製品不使用の料理をつくり、食べてしゃべって、あるいは呑んで泊まる。楽しいパジャマパーティーが恒例となった。

それぞれが社会人となって、頻度は半年、あるいは一年に一回と減りはしたけれど、家呑み会として変わらずずっとつづいているのが友情の証《あかし》であるような気がして、羽純はうれしく思っていたのだが――。

それがまさか、あんなことになるなんて。

羽純はこのときまだ、想像もしていなかったのだった。


「さて、こんな感じかな」

部屋のなかを見回して、羽純は満足げに息を吐いた。

家呑み会当日の午後五時。

出勤の利便性を犠牲にして、住まいの快適性を選んだ羽純のアパートは、1Kといえどもそこそこ広い。高級オーブントースターとともに嵩張《かさば》る邪魔なインテリアを断捨離してしまった室内は、三人を迎えるのに問題なく片づいている。家呑み会の会場は輪番制で、今回は羽純の家をつかう番だった。

掃除はこれで良し、と、今度はキッチンで粗熱を取っていたカヌレの状態をたしかめた。牛乳の代わりに豆乳を使用したスイーツだ。おなじく豆乳クリームを泡立ててあるので、食べるときに添えて出す。

アルコール類は各自持ち寄りなので、羽純は某燗酒コンテストにて『お値打ちぬる燗部門賞』を受賞した日本酒を用意した。みんなの飲み物やあれやこれやで冷蔵庫がパンクしてしまうので、冷やさなくても美味しいお酒はこういうときにも重宝する。

ほどなくしてチャイムが鳴り、羽純は玄関ドアを開けた。

「よ！」

「やっほー」

「おじゃましまーす」

気心の知れた三人が顔を出し、どうぞ入ってと言うまえに、勝手知ったる様子で雪崩《なだれ》を打つようにあがりこむ。

「あーもう、酒が重ぉいっ！　冷蔵庫かりるよぉ！」

マコが言い、大きなエコバッグを下ろす。と、チューハイの三五〇ミリ缶が十本ほど転がり出てきた。

「ひとりでこんなに。重かったでしょ」

「言っとくけど、あたしひとりのぶんじゃないからね。ジャンケンで負けたの」

乱れたロングの巻き髪を整えながら、マコが悔しそうに心愛と珠莉をにらむ。ふたりはエヘへと笑った。駅から、ジャンケンで負けた人が五分間ひとりで持つというゲームをしながら歩いてきたそうで、マコは全敗だったらしい。

「あーあ、途中で何本か飲んで軽くしちゃえばよかった」

「なに言ってんの、一本飲んだじゃん」

心愛がサラサラのボブヘアを耳に掛けながら、缶をひとつつまみあげる。たしかに空だ。そのままゴミ袋に入れようとしたので、それを珠莉が取り上げて濯《すす》いでくれた。

「ありがと珠莉。乾いてから捨てるから、ガス台の上に置いといてくれる？　さあ、ちゃっちゃとご飯つくっちゃおっか」

羽純が言うと、「その前に」とマコが缶チューハイをみんなに配る。

「乾杯しちゃお！　羽純も一杯目はチューハイでいいでしょ」

「うん。じゃあ、カンパーイ！」

「カンパーイ！」

お疲れー、とたがいの日ごろの労働を労《いた》わりあって、ぐいっとあおる。さっぱりとしたレモンサワーだ。

「じゃあ今日のメニューは事前に決めたとおり、唐揚げ、シーフードサラダ、ハムのオードブル、パスタね。デザートはつくってあるから、まずはサラダとオードブルをやっつけちゃおっか」

「あたし、唐揚げの下味付けてきたよ」

マコが言って、荷物からタッパーを出した。鶏肉がしっかりとタレに漬かっている。蓋を開けるとニンニクと生姜《しょうが》醤油の香りが立って、もうお腹が空いてきた。

本当は唐揚げの材料を準備するのは心愛の担当だったのだが、それを「あたし最近唐揚げに凝ってるからやらせて！」というマコたっての願いで交代したのである。味が楽しみだ。

「じゃあ手分けしよ。みんな手を洗って。手拭きはこれで」

「羽純ちゃん、私朝ごはん用にウインナー持ってきたから、冷蔵庫に入れさせてくれる？あとパスタは最後でしょ？　それまで材料も一緒におねがい」

珠莉が長い黒髪をひとつに縛りながら訊く。いいよと答えたが、冷蔵庫に空きがあっただろうか。確認のために開けてみると、やはりいっぱいだ。

一緒にのぞき込んだ珠莉が目を丸くした。

「なんだか、チーズがいっぱい……」

「ごめんごめん、ちょっと整理するね」

さすがに『フォンテーヌ』のチーズを大量に買うほど懐《ふところ》具合は温かくないので、近所のスーパーで買ったものだ。ナチュラルチーズを包装後に加熱して保存性を高めたタイプの商品があって、こちらもおつまみや間食に常備するようになっていた。もちろん、プロセスチーズにも美味しいものがたくさんある。

缶チューハイを押しこんで、小麦粉などを外に出す。寝苦しい夜のための水枕も冷やされていたけれど、もう秋だし出番はないだろう。これも出してしまえば、なんとか隙間《すきま》が空いた。

「羽純ちゃんってチーズ好きだったんだ」

「最近ちょっと興味が出てきたんだよね。まだまだ初心者なんだけど」

言ってから、アレルギーを持つ心愛も見ていたので、あわてて言葉を足す。

「今日のメニューにはつかわないから、安心して。つかうのはこっち」

出して見せたのは、植物油脂でつくられた代替チーズだ。『フォンテーヌ』にはなかったので、通販で取り寄せた。これでパスタをつくる予定だ。

「味見したんだけど、ほんとうにチーズの味がするの。美味しいパスタがつくれると思う。楽しみにしてて」

「いつもわざわざありがと。羽純も、みんなも」

「いいのいいの。私こうやってみんなで集まるの楽しみにしてるんだ。好きなもの食べながら映画見てしゃべってゴロゴロするだなんて、お店のなかじゃできないもん」

話しながら、珠莉が持ってきた材料を冷蔵庫に入れる。

そのうちのひとつに目を止めて、心愛が目を輝かせた。

「それってもしかしてカラスミじゃん」

「ちょっぴりだけど、パスタのトッピングにつかおうと思って」

ジッパー付きの袋に入ったオレンジ色の粉末だ。

羽純はちょっとだけ困った。

「私、食べ慣れてないからかな、少し苦手かも」

「食べ慣れろ。あと、もつ煮とかおでんばっかり食べてないで、たまにはイタリアンとかでランチしなさいよ」

「あーそういう柄じゃないんだよね」

「でもチーズとかおしゃれなものにハマってるじゃん。ってことはワインも呑むようになったんでしょ?」

「ぜんぜん。チーズって日本酒ともけっこうあうんだよ」

とはいえ、そろそろワインも試していこうかなとは思っている。

「ごめんね、苦手なもの持ってきちゃって」

と、珠莉が少し困ったように笑う。

「でもこれ、サワラのカラスミだから、ボラのとは多少味がちがうのよ」

「サワラ?」

羽純は心愛たちと顔を見合わせる。

珠莉の出身は香川だ。そちらのほうの珍味らしい。

「そう。もともとカラスミっていったらボラじゃなくて、サワラだったんですって。イタリアでは今でもマグロとか、あとはタラとかでもつくるみたいよ。サワラのカラスミは今ではほとんど見かけないんだけれど、ボラとちがってクセがないから食べやすいと思う。潮臭さがないのよ」

リッチな感じでいいじゃん! とマコがはしゃぐ。スマートフォンでざっと調べたところ、かなりの高級品だったらしい。

「ワインもってくればよかったあ! なんでチーズはあるのにワインがないのよお!」

「あとでコンビニに買いに行けばいいでしょ。とにかく、もうちゃっちゃとご飯つくっちゃお！」

意味もなくもう一度みんなで乾杯をして、お酒を呑みながらワイワイがやがやと調理がはじまった。

サラダや簡単なオードブルをつくり、マコ特製の唐揚げを揚げる。

油が跳ねただの、火が通ってないだのの大騒ぎをしながらすべてを揚げきったところで、だれからともなく「いったん食べよっか」となった。もうだいぶお酒が進んでいたし、みんなお腹がペコペコだった。

テーブルに着いて、ふたたび乾杯。

ああでもないこうでもないと激論を交わしながら、動画配信サービスの映画を選定する。

みんな好みがちがうので戦争だ。

最終的にはジャンケンで勝った心愛に決定権が譲られ、人気アイドルが主演の韓国恋愛映画に決定した。

なお、自主的に担当を交代してまで準備していたマコ特製唐揚げが、めちゃくちゃ普通の味だったのは内緒である。

「はー、なんかよくわかんないけどかっこよかった〜」

「映画を見終えた第一声がそれってどうなの……」

心愛は大満足のようだが、内容はどうでもよかったようだ。逆に、映画のチョイスに一番文句をつけていたマコが感動してボロボロ泣いている。

「じゃあ羽純はどうだったの？　面白かった？」

「んー、私としては出演が若者ばっかりでいまいち物足りない感じだったかな。つぎは西《にし》鳥《どり》秀俊《ひでとし》主演のやつ見ようよ」

「あんたまだそんなこと言ってんの？　あたしたちもう結構いい歳だよ、同世代に目を向けないとやばいよ」

「そんなことないって。うちの親が私を産んだのが四十のときだから、あと十年くらいセーフだし」

「バカ言ってんじゃないよ。急がないと十年なんて一瞬！　もうオッサン好きでもいいから、相方になるオッサンさっさと見つけてきな」

「だからさ、そもそもイケオジは推しであって恋愛対象とはちがうんだってば」

「恋愛対象にしろ！」

ずいぶん酔っ払った様子のマコは羽純に指をつきつけて、それから心愛のほうへと指先を移動させた。

「そういやさ、心愛はあの件どうなったワケ？　明日？」

あの件とは？　きょとんとしているのは羽純だけだ。ふたりはなにやら事情を知っているらしい。

「なになに？　あの件？」

「えへへ。じつはさ、大学のとき加賀《かが》先輩っていたでしょ？」

心愛に言われて、記憶を掘り起こす。ほんの五、六年前のことなのに、学生時代はなんて遠くに思えるのだろう。

「あぁ……加賀先輩。いたねぇ」

当時起業サークルを立ち上げていた先輩だ。よく日焼けした肌で、笑うと白い歯が目立つ快活な先輩だった。羽純たちにもサークルの勧誘でよく話しかけてきていたので覚えている。

なんでも、心愛は大学時代に先輩と「ちょっといい感じの関係」までいっていたらしい。けれども付き合うところまではいかず、そのまま卒業してしまった。

それが最近SNSをきっかけにして、久しぶりに加賀先輩にコンタクトを取ってみたところ、あれよあれよという間に当時の親しさが戻ってきたのだという。

「それでね、ついに会いたいって言われちゃったんだあ」

心愛はうれしそうだ。

でも、明日？

「明日って……待ち合わせってどこで何時なの？　いったん家に帰るでしょ？　間に合う？」

家呑み会をすると、いつも心愛は翌日の昼まで爆睡する。もともと寝起きのいい子ではないし、お気に入りのボブヘアは意外とセットに時間がかかる。

けれども彼女は「大丈夫」と余裕の笑顔だ。

「三時からだしぜんぜん間に合うよ。ここにくる前に、着替えとかヘアアイロンとか、嵩張る荷物は珠莉の家に置かせてもらったんだ」

待ち合わせ場所が珠莉の家の方面らしい。

羽純と珠莉と心愛、三人の家を線で結ぶとちょうど直角三角形のようになるので、たしかに賢い選択かもしれない。郊外にある羽純の家まで荷物を運ぶのは面倒だろう。きちんと朝起きて自分の家に帰るのが、本当はもっとも賢い選択だとは思うけれど。

「そんで、先輩のSNSあるよって教えたのがあたし」

マコが言う。何気ない会話から学生時代の話になって、加賀先輩の話になったらしい。

ふたりがこの件を知っていたのは、そういうことだったのだ。

「先輩ね、いま沖縄でインバウンド関連の会社を立ち上げてるらしいんだけど、たまたまこっちに戻ってきてて、明日はあたしのためにスケジュールをあけてくれたんだ」

「でも心愛ちゃん、まだ付き合うとか決まったわけじゃないんでしょう？　オオカミになるかもしれないし、危ないわ。それに、もっときちんとした企業にお勤めのまじめな男性のほうが……」

珠莉は心配顔だが、心愛は笑った。

「やだな、珠莉ったらさっきからそればっかり。中学生のお母さんみたいな心配しないで」

「あ、そうだ心愛、キューピッドのあたしにちょっとコンビニでお酒買ってきてよ。もうなくなっちゃう。梅味のなんか良さげなの適当によろしく」

マコが言うと、心愛は「言うほど働いてないキューピッドじゃない？」なんて文句を言いながらも、財布を手に玄関へと向かう。あわてて追いかけたのは珠莉だ。

「ちょっと、こんな夜遅くにひとりで外出なんてダメでしょ。私も行くから」

やっぱり珠莉はお母さんだなあなんて言って、みんなで笑った。

――ところが。

問題が起きたのはそのあと、心愛たちが帰ってきてからパスタをつくり、すっかり食べ終えた午前零時のことだった。


「パスタ美味しかったねー」

「うん、ちょっと珠莉がチーズ入れ過ぎだと思ったけど、あれはあれでよかったと思う」

「カラスミもさ、ぜんぜん魚臭くなかったよ。さすが高級品はちがうね」

「でも潮の匂いがなくて、めちゃくちゃチーズの味に負けてたよ」

「やっぱチーズ入れ過ぎじゃん」

少なめにつくったパスタは秒でなくなり、太るなぁなんて言いながら、デザートのカヌレを食べはじめて少し経ったころ。

「……なんか、かゆい」

心愛が言いはじめて、羽純たち三人の顔がサッと青ざめた。

心愛の顔に、蕁麻疹が出はじめていたのだ。

「え、ウソ、なんで……？」

羽純たちもパニックになった。とにかく冷やしてみたが、徐々に蕁麻疹が広がっていく。

心愛は泣いて取り乱した。

「だれ⁉︎　みんなあたしが乳製品食べられないって知ってるじゃん！　だれが入れたのっ⁉︎」

羽純もマコも珠莉も、困惑して顔を見合わせる。だれも乳製品なんて使っていないはずだ。そのための家呑みなのだから。

「デートなのに、こんな顔じゃいけないよぉ……！」

「と、とにかく冷やして」

「触らないで！」

羽純の手を払い、心愛は泣き叫んだ。

「どうせ羽純でしょ！」

「え……？」

「大学のとき羽純、先輩のこと好きだったんでしょ！　だから嫉妬なんてして、こんなこと、ひどい！」

「なにそれ……なんの誤解？」

「やめなさい、なに言ってるの！」

マコと珠莉が慌ててあいだに入る。

「だって、冷蔵庫にたくさんチーズがあったでしょ！　パスタつくるとき、ちょっぴり本当のチーズ混ぜたんじゃないの⁉　カヌレだってつくるところ見てないもん、なにが入ってるかわかんない。ホイップだってそう！」

マコと珠莉が懸命に心愛をなだめてくれる。けれど、友達から向けられた疑惑がショックで、羽純はそのあともずっと放心状態だった。

＊＊＊

まさか、こんなことになるなんて。

休日が明けて、月曜日。こんな憂鬱《ゆううつ》な出勤はない。

神林部長のパパ活疑惑のときもショックだったけれど、それ以上だった。ずっと大切にしていこうと思っていた友人から疑われてしまうだなんて……。

（……はぁ……）

どうして信じてくれないんだろうという悲しさと、疑われた悔しさとがないまぜになって、気持ちが沈む。

ストレスでの寝不足、そして食欲不振からフラフラになりながら職場に着いたあとは、現実逃避するように仕事に打ち込んだ。それがあまりに鬼気迫る様子だったのか、さすがの萩ですらも話しかけてこないほどだった。

けれど――その集中力もお昼休みになったとたん、ぷつんと切れてしまったのだった。

（私じゃないのに……）

羽純は職場からなるべく離れた公園まで来て、ようやくベンチに腰を下ろした。すっかり肌寒くなってきたせいか、お昼にここでくつろぐ会社員の姿はあまり多くはない。同僚の姿がないことにほっとしながら、羽純はスマートフォンを眺めた。

『慰謝料として、沖縄に行く往復チケットをください』

何回見ても見間違いではない。心愛からのメッセージだ。

あの夜、心愛は家に薬があるとのことで、大泣きしながらもタクシーで帰っていった。タクシー代は責任を感じた羽純たち三人で渡したけれど、結局薬を飲んでも日曜の待ち合わせまでには肌の状態がきれいには治らなかったのだという。そのせいでデートに行けず、加賀先輩とは会えなかったのだそうだ。

そして今日の午前中に送られてきたのが、このメッセージだ。加賀先輩が月曜の朝一で沖縄に帰ってしまったので、責任を取って会いに行かせろというのである。

（あ、着信）

昨日緊急でつくった三人でのメッセージグループに、珠莉が通話の呼び出しをかけている。羽純とマコが、ほとんど同時に通話に参加した。

スマートフォンを掲げるのも億劫《おっくう》で、スピーカーボタンで音声を流す。

「ごめんね、みんないま忙しい？……じつは心愛から、慰謝料代わりに沖縄行きの航空チケットを往復で手配するように連絡がきたんだけど」

切り出された話題に、羽純は思わず「え？」と大きな声が出た。

「珠莉のところにも？」

「もしかして羽純ももらったの？」

「うん……」

「あたしのとこにもきてるよ」

マコまでが言う。

あまりの衝撃に言葉が出ないけれど、ひとつ救いがあるとすれば、三人が平等であったことだろうか。

珠莉も、「じゃあやっぱり、これって羽純ちゃんが犯人だって決めつけるのはもうやめたってことだね」と安堵をにじませた。

羽純自身も、なにも解決していないとわかってはいるものの、よかったと思う気持ちがあった。

珠莉は、「それでね」と話をつづける。

「私、今日か明日くらいに、心愛のお見舞いに行こうと思うの」

「ばっかじゃないの？」

即、冷たく切り捨てたのはマコだ。

「ほっときなよ。自作自演だって。どうせタダで沖縄行こうって作戦でしょ」

「ちょっとマコちゃん、なんてこと言うの」

「だっておかしくない？　往復チケットってなに？　あたしさっき、日帰りかって訊いたんだよ。そしたら日帰りじゃ大変だから泊まってくるだって！　そんなのもう旅行じゃん。なんで心愛の旅行代をこっちが出さなくちゃなんないわけ？」

「それは……」

スマートフォンの向こうで、珠莉も黙ってしまう。

「第一、アレルギーが出るものなんてひとつもなかったでしょ。あたしたちのせいじゃないんだよ」

そこはたしかに、ふしぎではあるけれど……。

「珠莉があの子のためにこういう集まりをつくってくれてから、あたしたちずっと心愛に配慮してきたじゃん？　アレルギー対応食品って安くはないのにさ、みんなで楽しくワイワイするためにがんばってきたんだよ。むしろ今までありがとうって気持ちがないわけ？　疑ったあげくに、なんなの沖縄往復チケットって！」

マコの口調はヒートアップしている。

心愛はもともと思い込みの激しいところがあって、暴走するのもよくあることではあった。羽純たちは呆《あき》れながらも結局いつも憎めなくて、振り回されるのも友情のひとつとして受け入れてきたのだ。けれどマコは、今回さすがに腹に据えかねているようだった。

「っていうか羽純はさ、腹が立たないの？　はじめひとりだけ犯人扱いされてんじゃん！」

「それは……」

腹が立つよりも悲しくてつらい。心愛にとって羽純という存在はその程度だったのかというショックもある。

「とにかくあたしはお見舞いなんて行かない。あの子とは今後の付き合いも考えさせてもらうわ」

じゃ、とだけ告げて、マコはグループ通話の回線から抜けた。

珠莉もすっかり気持ちが沈んでしまったようで、お見舞いの話は保留となり、通話は終わったのだった。

（はぁぁ……）

特大のため息が出る。冷たくてからからに乾いた秋風が羽純の心を表しているようだった。胸のなかまでスースーとして、コートを着ているのに震えてくる。

「はぁ……寒……」

「こんなところにいるからでは？」

掛けられた声にハッとする。

気づけば、完全に見覚えのある男性がベンチのとなりに座っていた。冷静沈着、知的な細メガネ──

「チーズの……！」

「満島です」

「そう、満島さん。えっと……いつからそこに？」

「最初からずっといましたが。むしろあなたがあとからきて、俺のとなりに座ったのですが」

あ、なるほど。ボーッとしていて眼中になかった。

「そうだ念のため断っておきますけど、私、ストーカーじゃないですから」

満島は『フォンテーヌ』の週末常連らしく、おなじく週末に食べに行くことが多い羽純とはよく顔を合わせている。誤解されてはたまらない。

「念のために言われなくてもわかっていますよ。俺も念のため断っておきますが、ストーカーではないです」

相変わらずの愛想のない顔で、満島はメガネをクイッと押しあげた。

「――ですが、話は多少聞こえてしまいました」

「あ……ですよね」

音声をスピーカーで流していたのだから、あたりまえだ。

「失礼ですが、なにか大変なことになっているようですね。友人がアレルギーを発症して、その慰謝料として、どういうわけか沖縄への航空券を要求されている」

「はい……」

「それはたぶん、やけくそです」

え……？

「本当に心から航空券が欲しいのなら、ひとりひとり個別におなじものを要求したりはしないでしょう。三人からおなじものをもらっても困るだけですからね。それに金額から考えても、三人で出し合うように要求するのが確実性があって妥当でしょう」

「それは……たしかにそうですね……」

「俺には、行き場のない感情をぶつける手段として、ただ喚《わめ》いているだけのように思えます。慰謝料という言葉に萎縮《いしゅく》する必要はないのでは」

なにか言おうとして息を吸ったが、言葉は出てこなかった。

「なのできっと、時間が経てば相手も冷静になるでしょう。どんな相手なのかは知りませんが、疑われて、あなたはそれでも怒るより悲しんでいる。ならばおそらく親しい友人なのでしょう。きっと誤解が解けるときが来ますよ」

羽純はただ、大きく息を吐く。それからふっと力なく笑んだ。

（……慰めようとしてくれてるんだ）

少し、胸のつかえがとれた気がする。

満島は愛想のあの字もないし、しゃべり方も淡々としている。けれども心まで冷たい人ではない。はじめて会ったときもそうだったが、おせっかいなひとだ。心が参っていた今、そのおせっかいによる思いやりがうれしかった。

「ありがとうございます。今、少し時間ありますか？　単なる顔見知り程度なのに、図々しくてすみません」

「オフィスはすぐそこなので、それなりに」

「じゃあせっかくなので聞いてください。満島さん、アレルギーの交差反応ってご存じですか？」

「スギ花粉症の人が、トマトにもアレルギーを起こすことがあるってやつですね」

「えっ、そうなんですか？」

「………」

「すいません。そこまでは知りませんでした。──じつは私の友達は乳製品アレルギーなんです」

それから羽純は満島に、土曜のできごとを覚えている限り詳細に語った。

「──というわけで、持ち寄った食材には乳製品は含まれていなかったはずなんです。だからなんでこんなことになったのか、私もさっぱりわからなくて」

満島は思いのほか真剣に話を聞いてくれた。

腕を組み、あごに手を当てて考え込む姿はエリートサラリーマン風で、すらりと身長が高いのもあって、これがけっこう様になっている。

「つまり乳製品そのものではなく、なにかべつな食材に交差反応を起こしたのではないかと考えている、というわけですね」

「そう、そうです！」

つかわれた食材は、シーフードサラダのタコ、サーモン、ボイルエビ、ベビーリーフ。オードブルにつかったのは三種類のハムと、トマトときゅうり、オニオンスライス。唐揚げは鶏モモ肉だ。衣は小麦粉。漬けダレに何が入っていたのかは詳細を知らないけれど、ふつうに考えれば乳製品はつかわれていないはずだ。あとはパスタと代替チーズ、豆乳、カラスミ粉。

もっとも疑われているのは羽純が用意したカヌレとホイップだが、これらに乳製品などつかわれていないことは、自分が一番よく知っている。そのための手づくりだ。

「ハムには乳製品が一部使用されていることもあるようですね」

満島がスマートフォンで調べながら言う。

「それは大丈夫です。ハムについては前にその友達からも原材料欄を見てほしいと言われていたので、きちんと安全を確認したものを買ってるんです」

「そうですか。あとは交差反応を含めても、アレルギーを起こしそうなものもありませんね」

「……代替チーズって、どうなんでしょう？　じつは、はじめに買おうとしていた代替チーズは原材料をよく見たら乳製品って書いてあって……あわててべつの物にしたんです。

まさかあれもダメだったとか……」

「きちんと調べたんでしょう？」

こくりとうなずく。

でもほかに心当たりがない。

「それか、私がチーズばっかり食べてるから、どこかで混入しちゃったとか……それだったらやっぱり私のせいだ」

「ああ、混入するほどのゴミ屋敷ですか」

「ちがいます！　けど……」

そうじゃなかったら、ほかに原因が思いつかない。

（楽しかったのにな……）

また気分が落ち込んできて、羽純はスマートフォンに保存されている写真を見返した。

乾杯している写真、ああでもないこうでもないと騒ぎながら一緒に料理をつくっている写真、完成した料理の写真、それを囲んでいるみんな。

「――って、近ぁっ！」

気がつけば、満島がスマートフォンを至近距離でのぞき込んでいる。

「失礼。料理の写真をもう少し見せてもらっても？」

なにか気になる点がある様子だったので、スマートフォンを渡す。

満島は、シーフードサラダ、ハムのオードブル、唐揚げ、パスタの写真を拡大しながらじっくりと眺め、「なるほど」とつぶやいた。

「もしかして、なにか原因がわかったんですか？」

「これは、予期せず起こった事故ではないかもしれません」

「な……」

意味をはかりかねて、言葉に詰まる。

(事故ではないのなら、まさか故意だと言いたいの……!?)

絶句している羽純を置いて、満島は立ち上がった。

「今夜、時間はありますか？　週末でもかまいませんが、なるべく早いほうがいいでしょう。ご友人たちを連れて『フォンテーヌ』へ行ってください。新垣さんに話を通しておきますので、『あれ下さい』とか、『いつもの』といった注文をしてみてください。おそらく、アレルギーの原因がわかるかと」

「え、え、え？」

「では、俺は仕事に戻ります。あなたもそろそろ昼休みが終わるのでは？」

「ちょっと、どういうことですか？　説明を――」

羽純の声にぺこりと会釈《えしゃく》だけを返して、満島は去って行った。

(……チーズ専門店に行けば原因がわかるってことは、つまりアレルギー発症の原因はチーズだったってこと?)

ひとり残された羽純は、呆然《ぼうぜん》と立ちつくしていた。

当たっているか外れているかは別問題として、少なくとも満島はそう考えているということだ。しかも、故意によるものだとすら考えている。

羽純は迷いに迷った。

(信じていいの……?)

いや、どちらを信じるかだ。友人か、満島か。

(そんなの、友達に決まってる!)

でも——。

いま一番、原因を知りたがっているのは羽純ではない。きっと心愛だ。

そう思った。

＊＊＊

「羽純ちゃん、お待たせ」

「ごめんごめん、ちょっと遅くなった」

公園で満島と会った、その日の夜。

待ち合わせの場所に現れた珠莉とマコを、羽純は複雑な思いで迎えていた。

「それでなんなの、大事な話って？」

マコは問いながら、仕事用にまとめていた髪を下ろした。羽純も含めて三人とも、オフィスカジュアルな装いだ。

仕事が終わった午後六時半、『フォンテーヌ』から最寄りの駅での待ち合わせをお願いしていた。

「それはあとでね。こんなところじゃ話せないから」

「どこかお店入る？」

珠莉が尋ねる。

「おすすめの店があるから、そこにしよう。ついてきて」

ふたりともこのあたりの店には馴染みがないからか、幸い異論は出ず、羽純は緊張しつつもふたりを案内した。

『フォンテーヌ』までたどり着くと、珠莉もマコも驚いた表情で外観を眺める。

「チーズ専門店？」

「うっそ、てっきり焼鳥屋とか赤提灯《ちょうちん》に連れて行かれるんだと思ってた」

「そういえばチーズにハマっているって言ってたわね」

きょろきょろするふたりを連れて、ウォルナットのドアをくぐり店内へ。

「いらっしゃいませ、園さま。本日はご友人をお連れですか。どうぞ奥へ」

ちょうどワインサーブで客席側に出ていた新垣が、羽純に気がついて迎えてくれる。

「ははーん、なるほどね」とマコが小声で言った。「イケオジ目当てか」

「う……きっかけとしては、まぁ間違いではないかな……」

席はほどよく空いていたが、どこに着こうかは少し迷った。

いつもはカウンター席だけれど、三人だからテーブルのほうがいいだろう。ただ、カウンター席のいつもの場所にはすでにワインを嗜む満島の姿があって、なんとなくそばに行きたかった。べつに好意などではなく、緊張からだ。満島はアレルギー発症の原因におよそ目算がついているようだが、羽純はまだなにもわかっていない。不安でいっぱいだった。

幸い、満島に一番近いテーブル席が空いていたので、そこに決める。

「すごーい。チーズってこんなにたくさん種類があるんだ」

マコがチーズリストを開いて、目を丸くする。

羽純はすぐに新垣を呼び止めた。

「新垣さん、いつものあれ下さい」

「かしこまりました」

――本当に通じた。

満島を信じていなかったわけではないが、さすがにドキドキした。一瞬だけその細メガネがこちらを見たので、目礼をしておく。

「羽純ちゃん、ここの常連さんなの？」

おっさん女子がこんなおしゃれな店で『いつもの』なんて言ったせいか、珠莉は完全に戸惑い顔だ。マコも目を丸くして驚いている。

「うん。注文、ふたりはどうする？　まずはおなじやつにしておく？」

「あー、じゃそうしとく。飲み物はやっぱりワインかなぁ。珠莉は？」

「出てくるチーズにあう白を」

珠莉が迷うことなく注文する。マコは「あたしも」と、おなじものを頼んだ。羽純は日本酒だ。

「それでさ、今日あたしらを呼び出したのって、心愛の件でしょ？」

新垣が注文を受けてテーブルを離れると、マコがついに切り出した。

羽純も覚悟を決める。いや、ふたりを呼び出したときから、すでに心は決まっていた。

「ほんっとふざけんなって感じだよね。いつもあたしらがワガママきいてくれるって思ってる。平和主義な羽純でも怒って当然だよ」

「私ね、怒ってないんだ」

きっぱりと告げると、マコも珠莉も怪訝《けげん》そうに羽純を見る。

「いやいやいや……怒るでしょふつう」

「怒ってない。つらかったけど、怒りとはちがうの。心愛もね、きっとそうだと思う。ワガママを言って私たちを困らせたいんじゃなくて、つらくてつらくて、どうしたらいいかわからない状態なんじゃないのかな」

「はあ？　デートなんてまた機会があるでしょ。アレルギーはたしかに大変だし、そりゃかわいそうだとは思うけど、だからってたかが蕁麻疹――」

「ちがうよ」

ワインと日本酒が提供された。けれど、かまわず羽純は話をつづける。

「つらいのは、蕁麻疹だとか、デートに行けなかったこととかじゃないでしょ」

心愛は、子供のときからずっとアレルギーと付き合ってきた。だからこそ、あの夜に口にした食材でアレルギーなんて起きるはずがないことは、だれよりも一番よくわかっていたはずだ。

なのに、アレルギーは発症した。

起きるはずがないことが起きたのだから、密《ひそ》かに混入された――故意によるものだと考えるのは突飛な発想ではない。

ましてや、食材を準備して調理に参加したのは、このメンバーしかいないのだ。

「もちろん、まっさきに疑われたことは私もショックだったし、信じてもらえなかったのはつらかったけど。でも……心愛はもっとショックだったんじゃないのかな？　友達に危害を加えられた可能性が高いこと、友達を犯人だと疑わなくちゃいけないこと。それってもし逆の立場だったら、もうどうにもならないくらい苦しくて苦しくてつらいことだと私は思うんだけど。ちがうかな」

「でも自作自演かもじゃん」

「本当にそう思ってる？」

問うと、マコがばつの悪そうな顔で沈黙した。珠莉もうつむく。

そこへちょうど、新垣がチーズプラトーを手に羽純たちのもとへとやってきた。

「お待たせいたしました。こちら、いつもご注文いただいております『ミモレット』、熟成期間の異なる三種盛りでございます」

黒い陶器の皿に盛られていたのは、ニンジンのように鮮やかなオレンジ色をしたチーズだった。ちょっと大きいスーパーに行ったとき、タブレット状にカットされて売られているのを見たことがある。

新垣が用意したミモレットは、右から、波型スライサーで四角くカットされたタブレット状のもの、鋭い三角に薄くスライスされたもの、そしてサイコロのようなブロック状に削りだされたものの三種だ。

「ミモレットはハードタイプ――圧搾することで水分を取り除いて製造された、硬質のチーズでございます」

羽純はいつも頼んでいることになっているので、新垣は主にマコに対して説明を行っている。珠莉はすでに知識があるのか興味がないのか、ワインに口をつけていた。

「ミモレットという名は〝半分柔らかい〟という意味でして、たしかに熟成が若いうちはやや弾力のある柔らかさとなっております。それが熟成が進むごとに硬くなり、色も落ち着き、味わいも濃厚なものへと変化してまいります。こちらはその変化を楽しんでいただけるよう、右から、三か月熟成の『ジエンヌ』、十二か月熟成の『ヴィエイユ』、そして二十二か月熟成の『エクストラ・ヴィエイユ』をご用意いたしました。表皮は取り除いてお召し上がりくださいませ」

ごゆっくりどうぞ、と言葉を残して、新垣は接客へと戻っていく。

「へー、おなじチーズなのに熟成の長さで味が変わるんだ？　それを食べ比べるなんて、面白いじゃん」

マコはスマートフォンで写真を撮ってはしゃいでいる。

羽純は戸惑って満島を見た。

（み、満島さん、これでいいの？　とくになにも起こらないんですけど……？）

でも、それもそうかという思いもある。チーズ店にきただけで解決するだなんて、そんな都合の良すぎる展開があるわけ――

「ごめんなさい」

珠莉がグラスを置いた。まさか、と羽純は彼女を凝視する。

「羽純はわかっていたのね」

えっ？　と言いたくなるのをのみ込んだ。

羽純の代わりに「なにが？」と怪訝そうに尋ねたのはマコだ。

珠莉は息を吐いて、痛みをこらえるような顔で目を伏せた。

「心愛がアレルギーを発症したのは、私のせい。私がやったの」


私がやった、と珠莉はくり返した。

「チーズを入れたのよ。あのカラスミ粉、魚独特の潮臭さがなかったでしょう？　あれはカラスミじゃなくて、チーズの粉だったからなの」

言って、珠莉はミモレットのエクストラ・ヴィエイユのかけらをつまむ。

え？　とくり返していたマコが、呆然とつぶやいた。

「まさか、ミモレットの粉だったってこと？」

「そう。……ミモレットの超長期熟成エクストラ・ヴィエイユ。この褐色がかったオレンジ色は、カラスミの色によく似ているわ。それにこうして二年ほど熟成させたものは、味もコクが深まって、クセも出て、カラスミにどこか似てる。魚臭さとねっとり感がないだけで。――ね、羽純ちゃん」

「う、うん……」

「代替チーズでパスタをつくるって話だったから、そこにかけてしまえばチーズ感がまぎれて、違いなんてわからないと思ったの」

あ、と思う。

パスタをつくったときに、珠莉が代替チーズを入れ過ぎるハプニングがあった。あれはカラスミが偽物であることをごまかすため、わざとやっていたということか。

「それでもカラスミ独特の臭いがないことには、さすがに気づかれるでしょう？　それで、サワラのカラスミだから、なんて適当なことを言って誤魔化したの。……ごめんなさいね」

香川にサワラのカラスミがあるというのは本当だという。けれど味に関しては、カラスミというウソを補強するためのもうひとつのウソだった。

「なんで、そんなこと……」

学生時代、心愛のために手づくりの食事会を開くことを提案したのは珠莉だった。アレルギーのある友達にアレルゲンを故意に摂取させるだなんて、そんなこと……とても信じられない。

珠莉は言い淀《よど》むように沈黙したけれど、覚悟を決めたように口を開いた。

「……心愛には、私とおなじ思いをさせたくなかったから」

「おなじ思い？」

「私ね、学生時代、加賀先輩と付き合っていたの。——ううん、ちがう。付き合っていると思っていたのは私だけで、向こうにとってはただの女遊びで、ただの金づるだったのよ」

それから珠莉が語ったのは、ただの遊びだなんて言葉ではとても言い表すことができないほどの、屈辱と裏切りの数々だった。

羽純もマコも、あまりの内容に絶句して言葉が出ない。

珠莉は昏《くら》く、そして泣き出しそうな顔で笑んだ。

「そもそも私が悪いのよ。あのころ、心愛が加賀先輩に憧れてるのを知ってたのに、そういう関係になったから、罰《ばち》が当たったの。だからそれはいい。でも、今になって心愛に手を出そうとしてるとわかって、それだけは放っておけなかった」

心愛にそれとなく警告はしたけれど、まるで聞く耳をもたなかった。心愛は思い込みの激しいところがあるので、正直に話しても信じてもらえないだろうし、なにより加賀とのことは思い出したくもない過去で、誰にも話したくなかったのだという。

「アクシデントで会えなくなればいいと思ったの。重篤な症状にはならないことはわかっていたし。でも、やっちゃいけないことだったわ。結局私は心愛を守ろうとしながらも傷つけた。自分のプライドを優先させたのよ。最低だわ。——羽純ちゃんも、ごめん」

珠莉は、羽純が疑われたときにぜんぶ正直に話すべきだったと言って、深々と頭を下げた。

＊＊＊

「となり、いいですか？」

それから数日後の金曜日。

仕事帰りに寄った『フォンテーヌ』で満島の姿を見つけた羽純は、そう声をかけた。

満島は相変わらず愛想のあの字もない。冷たいとさえ思える表情で、「どうぞ」とだけ言う。

「先日はありがとうございました」

カウンター席に着いて礼を言うと、満島はかすかにうなずいてからチーズを口にする。

じんわりと味わいを堪能する表情だ。チーズプラトーは、木製の皿にウォッシュチーズが五種。濃厚な色合いをしたブドウやライ麦パンが添えられていて、いかにも秋らしい見た目だった。

「そんなに物欲しそうな顔をするのなら、まずは自分のぶんを頼んでは？」

たしかにそうだ。

羽純は新垣にミモレットを頼んだ。熟成の異なる三種類だ。先日はじっくり味わうどころではなかった。

飲み物は日本酒を頼む。ミモレットが熟成物なので、お酒も熟成酒にした。淡い琥珀色がグラスに映える。

一口ふくむと、熟成酒の滑らかな舌触りと、ほどよい熟成香が鼻を抜けた。酸味もまろやかで、ふくらみのある旨味が口にのこる。ほっと落ち着く味わいだ。

「いい具合に解決した様子ですね」

「はい。あのあと、心愛――アレルギーを発症した友達の家にみんなで行って、ぜんぶ話してきました」

心愛はすべてを知り、だれに加害されたのかわからなくて、どうしてされたのかもわからなくて、すごくつらかったと言って泣き崩れた。

そうして、これから警察に行く、傷害罪で起訴される覚悟もあるという珠莉に抱き着いて、さらにわんわんと泣きながら、許してくれたのだ。

『ばーかばーか！　珠莉のばーか！　傷害罪は非親告罪だけど、かならず起訴されるわけじゃないし！　だいたい被害者に処罰感情がなくてこの程度の事件だったら不起訴だし！

警察だって暇じゃないんだから、あきらめて許されろ！』

珠莉も号泣して、つられて羽純とマコも泣いて、それから慰謝料として請求された乳製品不使用スイーツを四方八方みんなで手分けして、簡単なものだけれどなんとかつくって、翌日も仕事だというのに深夜までしゃべって、ほぼほぼ徹夜で朝帰りをした。

マコは「なんであたしにも慰謝料が請求されてんの？　おかしくない？」などとぼやいていたが、楽しそうだった。付き合いを考えさせてもらう、と言っていた件は再考されたらしい。

「遺恨がのこるんじゃないかと思ったんですけど、今のところは大丈夫そうです」

こんなことがあったけれど、それでも羽純にとってはずっと付き合っていきたい友達だ。これまでだって大小さまざまなトラブルがあって、時にはひどい失敗をして傷つけあって、それでも仲直りをして乗り越えてきた。これからもそういう関係でありたいと思っている。

「お待たせいたしました。熟成期間の異なるミモレット、三種でございます」

この日は早乙女もいたが、チーズを運んできたのは新垣だった。

「新垣さんも、変なことにご協力いただいてありがとうございました」

「お役に立ちましたでしょうか」

「はい、とっても」

新垣は胸に手を当てて一礼し、去っていく。やはり英国紳士。所作がスマートで素敵だ。

気分がよくなって、さっそく若いミモレットから口にした。このニンジンのように鮮やかなオレンジ色のチーズは、しなやかな弾力があって塩気もほどよく、食べやすくてマイルドな味わいだ。

つぎは熟成十二か月。鋭い三角に薄切りされていて、端には表皮がのこっている。表皮はとてもチーズの一部とは思えないほどにガサガサとして、土壁のようだった。そこを指で挟んで尖《とが》った角のほうから嚙むと、さきほどよりも硬い歯ごたえを感じる。そして嚙めば嚙むほどに、口のなかにはナッティな風味とコクが広がった。若いミモレットよりも塩味が立っているが、そのぶん旨味も強くて美味しい。

飲み込んでから日本酒を流しこむ。すると口のなかに残っていたミモレットの旨味と香りが、舌の上で酒と渾然一体《こんぜんいったい》となって膨らんだ。

「なにこれ、すごくお酒にあう。口のなかが華やか！」

「マリアージュですね」

満島が言う。

マリアージュ。結婚か。たしかに相性が良すぎる運命の出会いだ。

なんだか興奮して、その勢いのまま二十二か月熟成のミモレットを手に取った。

小さなブロック状に削りだされたミモレットからは、引き締まった質量を感じる。色も、若いミモレットのような透明感のある鮮やかさはなくて、わずかに褐色がかっている。見た目はもう、ほぼカラスミだ。こんなの、粉末にしたら外見だけではわからないだろう。少なくとも羽純には見分けがつかない。実際かなりお酒が進んでいたとはいえ、まったく気がつかなかった。それに若いミモレットでは感じなかった、独特の強い臭《にお》いがある。チーズとは思えないなんとも表し難い臭いで、その臭《くさ》さがまた、カラスミを連想させる。

つまんだ欠片《かけら》を口に含むと、想像以上に硬く乾燥した舌触りに驚いた。そして塩辛い。口の中の温度でゆっくりと溶かしていると、ナッツ香を含んだ油分がじわりと舌をつつむ。奥歯でよく嚙むと、強い塩味のなかからまったりとした独特の風味が濃厚に爆発する。そして旨い。たしかにこれは、カラスミに近い。潮の香りという、カラスミ最大のアイデンティティこそ皆無だが、塩味と濃厚さが味わいとしてよく似ている。

「あぁ、これお酒と交互にして永遠に食べていられるやつ……！」

「酔いつぶれるのはご自宅でどうぞ」

冷たい物言いだが、その口もとにはかすかな笑みが浮かんでいる。

「ところで満島さん、疑問だったんですけど、どうしてパスタにミモレットがつかわれているってこと、ストレートに教えてくれなかったんですか？」

公園で相談したとき、満島はおそらく料理の写真を見て気がついたのだ。乳製品が混入しているのなら、超長期熟成ミモレットと似ているカラスミが疑わしいと。

「新垣さんにまで協力してもらって、もちろんとてもありがたいですけど、どうしてあんな回りくどいことをしたのかなって」

羽純が問うと、満島は中指のさきでメガネを押さえてこちらを見た。その表情は冷たいというより、とても真剣だった。

「俺がカラスミが怪しいなどと単刀直入にアドバイスをしたら、どうなりますか。あなたは友人を疑い、悩んだ末に詰問することになる。それでももし間違いであったなら、以後けっして取り返しがつかないことでしょう」

「たしかに……」

羽純がミモレットを食べ慣れている、という演出をすることで、珠莉は自発的にすべてを話してくれたのだ。珠莉も罪悪感にさいなまれていただろうから、自分から告白できて安堵もしただろう。

満島のやり方は回りくどかったが、そこには優しい配慮があったのだ。

「あらためて、本当にありがとうございます」

心の底から頭が下がる。

「礼ならそのエクストラ・ヴィエイユでいいですよ」

言うや、満島はふた欠片ほど羽純の皿から取って口に入れる。

「うん、ああ、美味い」

「じゃあ新しい皿頼みますね。奢ります」

「もう結構」

礼がしたかったが、スパッと断られてしまう。どうしたものかと思っていると、ちょうどチーズサーブに回っていたチーズソムリエの早乙女がやってきた。

「エクストラ・ヴィエイユ、楽しんでいただけましたか？」

「はい。本当にカラスミを思わせる味わいで、驚きました。そのまんまおなじ味ってわけじゃないですけど、潮の臭いがないぶん、私はむしろこっちのほうが好きです。それにチーズで日本三大珍味のひとつが味わえるだなんて、面白いです」

早乙女の目がキランと光った……ような気がした。

「三大といえば、園さま、日本人は三大○○という表現がやたら好きな国民であるというのはご存じですか？」

満島が、「はじまったぞ、早乙女さんのチーズサジェスト」と呆れ顔をする。これは前にも見た光景だ。

「ええと、世界三大美人とかですか？」

「はい。そしてチーズ界には、世界三大ブルーチーズなるランキングがございます。どちらも日本だけで通用するランキングではありますが、世界三大美人が本当に美人であったのかを確かめるすべはなくとも、世界三大ブルーチーズはその舌でお試しいただくことが当店でも可能となっております」

「ブルーチーズかぁ。興味はあるんですけど、食べたことがなくて……ちょっと二の足を踏んでいます」

「でしたら、はじめての挑戦プラトーをおつくりいたしましょうか？　これだけさまざまなチーズをお試しになっておいでですので、ブルーチーズだけを避けてしまうのはもったいないかと」

なるほど。たしかにそうかもしれない。

「じゃあ、おねがいします！」

「承知いたしました。お飲み物もそろそろなくなりそうですが、いかがされますか？　ちなみにブルーチーズには甘みのあるお酒をあわせるのが鉄板となっております。ワインですと甘口の白、赤ですとフルボディ、ポートワイン。日本酒でしたらそうですね……山廃《やまはい》や生酛《きもと》づくりの純米酒ではいかがでしょうか」

「迷いますね……」

迷わず日本酒といいたいところだが、じつは山廃には苦手意識がある。純米酒でいきたいが、せっかくなら冒険もしてみたい。

「白ワインと赤ワインを両方もらってはどうですか？　お試しフルセットですね」

悩んでいると、満島が提案する。

「乗った！　じゃあそれで」

「承知いたしました」

「俺はロックフォールとプティ・ギローで」

それからほどなくして、羽純と満島のもとにブルーチーズのプラトーが届いた。

満島はロックフォールというブルーチーズ。世界三大ブルーチーズのひとつでチーズの王とも呼ばれ、二千年の歴史を持つという。蜂蜜がかけられ、洋ナシとレーズンパンが添えられていた。プティ・ギローはワインの名前だったようだ。

羽純のプラトーもまた、青かびの見た目からしてなかなかのインパクトだ。

「青かびタイプのチーズはかびの力で熟成させたもので、強烈な風味とピリッとした刺激的な味わいが特徴のチーズになります。はじめての挑戦とのことでしたので、マイルドなものからご用意いたしました」

右から、『カンボゾラ』、『ゴルゴンゾーラ ドルチェ』、『ゴルゴンゾーラ ピカンテ』だという。

「カンボゾラはドイツで生まれたチーズで、青かびと白かびの両方で熟成させたチーズです。ゴルゴンゾーラとカマンベールを合わせた味わいで、どちらかというと白かびチーズとしての味わいが勝っております。青かびの刺激味がありませんので、第一歩として適したチーズであると思いお選びいたしました」

カンボゾラはカマンベールのように、三角にカットされている。たしかに表皮が白い。断面にわずかに青いカビの色がのぞいていた。

「ゴルゴンゾーラはイタリアで生まれたチーズで、ドルチェは甘口、ピカンテは辛口を表しております。ほどよくクリーミィで日本人の舌に馴染みやすいブルーチーズです。まずはドルチェの蜂蜜がけをレーズンパンとともに。そして最後にこれぞ青かびタイプといった味わいのピカンテをどうぞ。蜂蜜、もしくはイチジクのスライスとともにお召し上がりください」

どうぞごゆっくりお楽しみくださいい、と早乙女が下がっていく。

「本当に青かびが見える……」

羽純はフォークを手に、ごくりと唾を呑んだ。

もう、プラトーが目の前にあるだけで、独特の臭いが漂っている。

しかもゴルゴンゾーラはいかにもカビてます！　といった青緑のまだら模様が入っていて、なんだかドキドキする。

大丈夫だろうか。ちょっと怖い。でも、楽しい。

チーズを選んで、それにあいそうなお酒を選び、その味わいやマリアージュを堪能する。なんて贅沢な時間だろう。

「どうです？　初ブルーチーズは」

「……あ、美味しい」

「でしょう。ワインを呑むとまた面白いですよ」

「ん、ほんとだ。まろやかな旨味だけがぶわっとなった！　ワインよくわからないですけど、この組み合わせはなんか美味しい！」

白を試して、チーズを食べ、今度は赤を試す。

美味しい！　しか言えない羽純に、満島はクスリと笑った。

「あ、いま私のこと、語彙《ごい》が貧弱なやつだなって笑いましたね？」

「笑っていません」

「笑いました」

「いいえ。それに、美味しいものを食べたときは、豊富な語彙なんてウソくさいだけです。美味しいの一言だけで結構」

言って、満島もロックフォールをひと口。ワインを流しこんで、その余韻に目を閉じる。

たまらないといった表情だ。

「……満島さん、美味しいを共有するって、なんだかいいですね」

「なにか言いました？」

満島が目を開ける。

なにも。羽純はそう答えて、チーズを口に運んだ。

三話　消失のチーズ

「老後二千万円問題って、ホントなんなの。意味が分からないんですけど」

フロア内にある休憩スペースで、羽純はホットティーを飲みながら大きなため息をついた。

「結婚すれば挙式に数百万、子供が生まれれば学費に数百万、親が老いたら介護費用に数百万から無限大、搾りに搾り取られたあと自分の老後には二千万が必要とか、絶対ふざけてるって思いません？　親が資産家で遺産がもらえるとか、退職金が超すごいとか、あとは一生独身かとかじゃないと、絶対ペイできないじゃないですか」

「すっごくわかるぅ！　けど、どうしたの園ちゃん。ずいぶん心がささくれてるのねえ」

おなじ企画営業部の大《だい》先輩が、自販機でドリンクを選びながら苦笑する。

後輩の前田が、「園さん、つみたてＮＩＳＡがかなり低調らしいですよ」と暴露した。

なお、大先輩の『大』は苗字である。『大さん』と呼んでいたのが、語呂の良さからか字面《じづら》の良さからか、いつのまにかみんな『大先輩』と呼ぶようになった。先輩社員を先輩と呼ぶ習慣はこの会社にはない。

「あらま。けっこうみんな順調だと思うけど、なにが悪いのかしらねえ」

「いいんです。私には老後資金なんて縁のない話だったんです」

「なに、園さん、投資で悩んでるの？」

自販機がならぶ壁の向こうから、ひょいと萩が顔を出した。向こうはちょっとした給湯室になっていて、コンロやシンクがあり、冷蔵庫や電子レンジなども置いてある。萩はそこでカップ焼きそばをつくっていたのだ。

「悩んでるというか、嘆いているというか」

「なんだ。だったらもっと早くに相談してくれればよかったのに」

完成したカップ焼きそばを手に、休憩室のテーブルへとやってくる。鉄板で炒める本物の焼きそばとちがい、ジャンクで強烈なソースの匂いがオフィス中に漂った。離れたデスクにいる社員からも、「焼きそば？」「焼きそばの匂いだ！」という悲鳴に似た声が上がる。昨日はカレーラーメンをつくって食べていたので、萩のチョイスはなかなか匂いの主張が強い。

羽純は、カップ焼きそばは案外赤ワインとあうんじゃないか、などと考えつつ、「相談って？」と訊いた。先月ブルーチーズとワインを試してみてから、じつはちょっぴり赤ワインにハマっている。

「俺、投資とかそういうの得意なんだ」

「出た。自称投資マスター」

大先輩が多少のからかいをこめた口調で言う。

萩は羽純のとなりに腰を下ろし、「証券会社のアプリ入れてる？」と尋ねてきた。投資マスターが自称か否かはともかくとして、だれかに少しでも具体的なアドバイスをもらえるならと、羽純はアプリを起動して萩に渡した。

「ああ、なるほどね、うんうん。これ手数料高い信託選んじゃってるよ。いい？　ここをタップすると手数料の少ない順にならびが変わるから、銘柄変えたほうがいいよ。手数料って結構大きいから気をつけないと。……ん、なにこの高配当株。どうしてこれ選んだの？　ああ、ユーチューバーね。ダメダメああいうの真に受けちゃ。まず大事なのは、投資と投機のちがいを理解することかな。世界経済っていうのはつねに成長をつづけていて
――」

萩はそれから信託商品の選び方や資産比率、分散投資についてを、となりの部署から書類確認について呼び出されるまでの十分ほど、思いのほか細かく教えてくれた。

惜しむらくは、いまひとつ羽純には理解できなかったということである。萩の前歯に青のりがついていて、ぜんぜん話に集中できなかった。

「ねえねえ園ちゃん」

萩につづいて前田も去っていくと、ずっと黙って萩の投資アドバイスを見守っていた大先輩が、周囲を気にしつつ、羽純にこそっと訊いた。

「萩くんのこと、どう思ってるの？」

ブッ、とホットティーを噴き出しかける。ずいぶん突飛な。

「な、なんですか、急に！」

「いやぁだって、萩くん絶対に園ちゃんに気があるでしょう」

「やめてくださいよ。なんとも思っていません」

「そっか。ならまぁいいんだけども、萩くん告白しようとしてるって噂もあるから、その気がないんだったらもっと冷たくしといたほうがいいと思うのよねえ」

「……わざと冷たくするのもなんだかおかしくないですか？　何様だよっていうか、自意識過剰みたいな」

「冷たくせずとも、優しくしないだけでもいいんじゃないかしら？　萩くんの自慢話とか、最後まで聞いてあげてるのって園ちゃんだけなのよ。知ってた？」

知らん。

それに、聞いてはいるが特段その話を盛り上げたりはしていない。いつも萩が一方的にしゃべっているだけだ。

「私はただ、毎日ふつうに仕事ができればいいなと思っていて、会社に求めるのはそれだけなんですが……恋愛とかの面倒ごと、勘弁してほしいです」

「わかるぅ。でもだからこそじゃない？　告白されて断ったりなんてしたら、それこそ仕事しにくい雰囲気になっちゃうわよ？」

たしかに……。羽純もそれはイヤだ。

「あ、でもあれですよ、萩くんには鬼丸《おにまる》さんがいるじゃないですか」

希望の星を思い出して、羽純は手をぽんと叩いた。

羽純たちがいる企画営業部とおなじフロア、システムサポート部で働く女子社員で、鬼丸なんて怖い苗字だがまったく鬼ではない。いわゆる清楚《せいそ》系の雰囲気を持った女性だ。

ああ、と大先輩も思い出したようだった。

「たしか萩くんを狙ってるって子ね。まあたしかに、あっちのほうが萩くんとは価値観が合いそうだけれどねえ。ブランドものでフル装備してるし。アタシはそういうところが嫌味なマウントに見えちゃうから好かないんだけど」

「何回か話したことありますけど、すごくいい人ですよ」

鬼丸さんは、資産家の御令嬢だという話だ。本人の経済感覚として、ふつうのものをふつうに身に着けているだけなのだろう。

羽純としてはむしろ、お嬢様がファストファッションなんて身に着けていた日には、日本の経済もいよいよ末期だなと絶望してしまう気がするけれど。

＊＊＊

十一月の初旬、あたりにはすっかり晩秋の気配が漂っていた。

木々は紅葉をはじめ、あるいは落葉し、街を歩く人々の服装すらも落ち着いた色合いへと変化している。秋はなんだか物悲しい気分になる季節で、羽純はあまり好きではなかった。冬枯れへと向かう景色には、どうしても気分が鬱々としてしまう。

けれども、それは昨年までのこと。

「秋って最高……！」

羽純はすっかり常連となった『フォンテーヌ』で、至福の声をあげた。

スプーンで口に含んだのは、とろとろの『モン・ドール』だ。秋に解禁されるため、秋の到来を告げるチーズだという。

前に入り口わきのブラックボードにて入荷の報《しら》せを見ていたが、なかなかの人気商品らしく、これまでありつくことができなかった。再入荷するという話をきいていたので、ノー残業デイ（推奨）のこの日、急いで来店した次第である。

「今日はウォッシュタイプのチーズですか」

満島も入店し、トレンチコートを脱ぎながら羽純のプラトーを見た。たった二匙、それももう空だというのによくわかったなと感心する。

「はい。モン・ドールでした」

以前味わったエポワスのような、熟成して中がとろとろになったチーズだ。それを大きめのスプーンに二杯いただいた。エポワスのようなパンチはないが、まったりとした濃厚なミルク感があって格別に美味しい。本当は丸ごと一つを抱え、バゲットで掬いながらモリモリと食べたいくらいだが、高級品なのでそうはいかないのが悲しいところだ。輸入チーズに掛けられている関税が憎い。

「はぁ、柔らかいチーズ、最高です」

「最高か否かは、どうでしょう」

満島は、羽純の席のとなりに腰を下ろした。

「モン・ドールは〝常温のチーズフォンデュ〟なんていって持《も》て囃《はや》されていますが、熟成の浅い硬めのやつも美味しいですよ。食べ比べてから、これぞ最高というのを決めるのも悪くないのでは」

「たしかに」

ナチュラルチーズの面白いところは、熟成具合によって味が変化していくところだ。うなずいて、羽純は熟成純米酒を口に含んだ。熟成具合が深すぎず、ほどよい熟成香がチーズの余韻と合わさることで、いっそう膨らみを感じる。

最近赤ワインにハマってはいるのだが、意外なことに、ワインとチーズの組み合わせというのは案外難しいなと痛感する日々だ。ワインの経験と知識量が足りないだけかと思ったが、新垣いわく、たしかに日本酒のほうがチーズを立てたペアリングはしやすいのだという。

さて、満島はどんなチーズをオーダーするのか。

興味をもってとなりを見る。しかし、いつもはパッと決める満島が、チーズリストを開いてぼうっとしていた。重いため息までついている。

「満島さん、どうかしましたか？　元気ないですね……」

「そういう日もあります」

やはり、どこか疲れのにじんだ声だ。

羽純はチーズサーブに回っていた早乙女を呼び止めた。

「早乙女さん、無茶なことを尋ねますけど、なにか元気が出るようなチーズってないでしょうか？」

「もちろんございます」

早乙女は満面の笑みでこれに答えた。

「まず、シェーブルチーズに使用される山羊の乳にはタウリンが豊富に含まれております。ですので、疲れているときにはまっさきに召し上がっていただきたいチーズでございます」

「へえ、シェーブルですか」

「はい。もう山羊乳も終わりの季節ではございますが、現在は熟成した味わい深いものが食べごろとなっておりますし、また、フレッシュなシェーブルを当店でオイル漬けにしたものなども、まだお楽しみいただけます」

オイル漬けかあ、と羽純は口のなかで味を想像する。

フレッシュなシェーブルチーズには、ヨーグルトのような酸味があった。オイル漬けにすることによって、きっとそれがまろやかになっているのだろう。美味しそうだ。

「それにシェーブルに限らず、ただ好きなナチュラルチーズをお召し上がりになるだけでも、疲労感の軽減につながると考えております。なぜなら、ナチュラルチーズを食すことは菌活につながり、菌活によって腸が元気になれば、脳にもまたよい影響を与えるからです」

腸と脳は、独自の神経ネットワークによって深くつながっているとのことだ。悪夢を見るチーズの話をしたときにも、満島がおなじような説明をしていた気がする。

「また、チーズに豊富に含まれる旨味成分のグルタミン酸ナトリウムですが、こちらには胃や腸などの消化器官に活力を与える作用も確認されております。疲れているとき、ストレスを感じているときにチーズを食べることは、大変体によいことであると言えるでしょう」

「旨味成分が多いのは、長期熟成型のチーズですよね」

ミモレットやコンテなど、ハードタイプのチーズだ。

羽純が言うと満島は黙考し、それからようやく注文を口にする。

「では、シェーブルチーズのオイル漬けを。熟成の浅いものもあれば、それも。ワインはシェーブルにあわせた白をお願いします」

「ご用意させていただきます」

「あ、私も追加をお願いします。ハードタイプのチーズで三種を。旨味を味わえるものが食べたいです。あと日本酒なんですけど、リストには燗もあるって書かれているんですが、本当ですか？」

ホットワインはわかるけれども、こういうお店で燗をつけてもらうのは、なんだか場違いに感じてしまう。

しかしカウンター内にいた新垣が、「本当でございます」と微笑んだ。

「とくにご注文いただいたハードタイプはぜひ、燗酒で召し上がっていただきたいチーズでございます。いっそう硬質チーズの旨味を舌の上で感じていただくことができると存じます」

「最高じゃないですか」

注文をして、グラスに残っている純米酒をちまちまと味わう。

それを見て、満島がかすかに笑んだ。

「日本酒を置いていても、チーズ店で日本酒を頼みつづけるひとは稀《まれ》です」

「わかります。みんなワインですよね」

「ええ。ワインとチーズ、じつはそんなに相性のいい組み合わせではないのですが、なぜかだれもが頑《かたく》なにこの二者でマリアージュを探そうとしてしまう。俺も含めて、思い込みのしもべです」

ヨーロッパにおいて宗教上、ワインとチーズが非常に密接な関係にあったことから、この組み合わせでのイメージが強く根付いているのだろうと満島は言う。

「先入観さえ捨ててしまえば、チーズと相性がいいのはむしろ日本酒なのかもしれません。旨味成分のグルタミン酸の含有量で見ても、日本酒はワインの数倍多く含んでいます。チーズの旨味と日本酒の旨味が合わさって、最高のマリアージュを産まないはずはないのですが。それでもふしぎと踏み出せません」

「じゃあ、私は旨味に魅了された旨味のしもべですね。すっかり通いつめていますし」

話しているあいだにワインと燗が届き、チーズが運ばれてきた。

「満島さまには、フレッシュシェーブルのオイル漬け、そして『森のシェーブル館』のサントモール、こちらは厚めにカットしたものに焼き目をつけて、香ばしさを出しました」

ベビーリーフが添えられて、サラダのように仕立ててある。別皿のブリオッシュも香ばしく焼き目がついていた。店内にいい匂いが漂っているが、出所はここのようだ。

「園さまには、こちらを」

ざらりとした素焼きの皿に、三種のチーズがならんでいる。

「右より、まずは長期熟成『エダム』」

早乙女は、三角にカットされたスイカのようなチーズを指す。スイカが想起されるのは、表皮が鮮やかに赤いからだ。いや、スイカの表皮は緑だけれども。

「カット前の形は球状で、表皮に赤いワックスが施されていることから『赤玉』との愛称で親しまれている、オランダの代表的チーズです」

ワックスは外して食べるのだそうだ。

「つぎは『マンチェゴ』」

指したのは、真ん中に置かれたチーズだ。白に近いクリーム色で、大きな削り節のように薄くスライスされている。

「スペインのラ・マンチャ地方で生まれた羊の乳、ブルビのチーズです。小説ドン・キホーテに登場することでも知られるチーズで、今回は食べごろの『クラード』と呼ばれる熟成具合のものをご用意いたしました」

そして最後が、粗くブロック状に削りだされたチーズだ。

「こちらは『グラナ・パダーノ』。イタリアの食卓には欠かせないチーズであり、キッチンのハズバンドと呼ばれて親しまれているチーズです」

説明を聞きながら、そわそわとしてしまう。陶器のゴブレットから、燗の芳醇《ほうじゅん》な香りが立って、それだけでいっそう食欲が増してくるのだ。

まるで「マテ」をされている犬の気分だが、こうして早乙女の説明を聞いて食べるのもまた、チーズへの理解と味を深めている気がしていてたまらない時間だ。

「今回ご用意したチーズをはじめ、ハードタイプはその多くが厳しい環境の山岳地帯で生まれ、長い冬を乗り越えるための保存食として歴史を重ねて参りました。この硬い表皮のなかには長期熟成による豊満な旨味成分が詰まっております。どうぞゆっくりと口のなかで溶かしながら、これから到来する長い冬を乗り越えるための味わいをお楽しみください」

ありがとうございますと礼を言い、いそいそとゴブレットに口をつける。羽純が大好きな、人肌よりやや熱めのぬる燗だ。このくらいが酒の甘さと旨味をもっともよく感じられる気がして、たまらない。

口のなかが温まり、酒の旨味が満ちたところで、エダムを手にする。ワックスとはなんぞや？と思ったが、爪でつまんで引っ張るとシールのようにきれいに取れた。

長期熟成を重ねたもののことで、しっかりとした歯ごたえを感じる。塩味の主張も薄く、穏やかな味わいだ。後味にわずかな酸味があって、それを日本酒で流すと旨味だけが舌に残る。うん、間違いのない美味しさだ。

マンチェゴは、チーズ香のなかに甘いミルクの香りが立っていた。その奥から、どこか干し草に似た香りもわずかに顔を出している。舌の上にそっとのせると、塩味とコクがじんわりと広がった。最後にミルクの甘みと脂肪のまろやかさが主張してきて、しょっぱさを感じさせない。

「満島さん。この、ときどきシャリシャリする食感はなんですかね？」

以前、コンテを食べたときにも感じた食感だ。塩の結晶のようだが、塩気はない。

「それはチロシンというアミノ酸の結晶です」

熟成によって旨味が結晶化したものだという。旨味のかたまりだ。

「ん〜これも美味しいです！」

ゆっくりと味わいたいのに、手が止まらない。落ち着こうと思って燗を一口呑むと、旨味がさらに主張されて、かえってもう一口食べたくなってしまう。なんともありがたい罠《わな》だ。

羽純が葛藤しつつも食を進めていると、空いていたもう一方の席にだれかが着いた。

「この店、気に入ったんだね。教えた甲斐があるな」

「あ、萩くん……」

まっさきに目に入ったのは、ギラギラとした高級腕時計だ。萩はそれで時間を確認すると、早乙女に声をかけ、ウォッシュチーズとホットワインの白を頼んだ。

「ところでさ、積み立て投資の設定ちゃんと変えた？」

「あ、まだだった」

「早いほうがいいよ。見てあげるから、俺がいるうちにやっちゃいなよ」

くつろいでいるときに面倒だなとは思ったが、今やらないと忘れてしまいそうだ。

羽純はスマートフォンで投資用のアプリを起動し、萩のアドバイスを聞きながら、予約銘柄を変更した。

「よしよしオッケー。あとは寝かせておくだけ。もし暴落しても、あせって売ったりしないこと。目先のことに囚《とら》われず、なにがあっても粛々と積み立てる。これが正解」

「あら、投資のお話ですか？　最近流行っていますね」

チーズを運んできた早乙女がいう。

それからさみしくなった羽純のプラトーを見て、つぎをすすめる。

「では投資つながりで、ハードタイプの『パルミジャーノ・レッジャーノ』はいかがでしようか？」

「パルミジャーノは聞いたことがありますけど、投資つながりですか？」

早乙女は、「ご説明いたしましょう」と笑む。

「パルミジャーノ・レッジャーノはイタリアが生み出した最高傑作と謳われるチーズです

が、その製造方法はとても厳格で、限られた地域の限られたミルクを使用し、製造は一日に一回きり、熟成は最低でも一年と定められております」

一日に一回とは。それではきっと、大量生産がむずかしいだろう。

説明を聞きながら、チーズリストの写真を確認する。飴色《あめいろ》の表皮に文字が刻まれた、非常に大型のチーズであるようだ。重さは三十キロ以上と書かれている。

「いまわたくしは最低でも一年とご説明いたしましたが、実際に食べごろとなるには二年が必要であり、出荷までに多くが二、三年ほどの年月を要します。ですのでチーズ職人にとっては、非常に大きなリスクとタイムラグが必要となる、大変辛抱が必要なチーズでもあるのです」

「二年……つまりその間、仕込んだチーズは売り上げとして見込むことができないってことですね」

「はい。そこで対策として生まれたのが、パルミジャーノ・レッジャーノ債と呼ばれるシステムです」

「パルミジャーノの債券……？」

「はい。チーズ工房が、若いパルミジャーノ・レッジャーノを裏付けとして発行する債券です。これらの債券の購入者には配当金のほか、満期で額面以上のパルミジャーノ・レッジャーノが償還されるシステムとなっております。あるいは、銀行がチーズ工房から熟成の若いパルミジャーノ・レッジャーノを担保として受け取り、工房に七割の評価額で融資をすることもございます」

「すごい……。融資ができるほど価値があるってことですよね」

さすが、イタリアの最高傑作。

「はい。当店では債券は扱っておりませんが、そういった工夫によって千年守られてきた伝統あるチーズをお試しいただくことは可能でございます」

「じゃあ、お願いします」

なんだかいつもおすすめにホイホイされているな、とは自覚している。でも食べてみたくなったんだからしょうがない。外食したときに、「パルミジャーノ・レッジャーノ使用！」と謳われている料理なら羽純でも食べたことがある気はする。とはいえ、チーズ単体で味わったことは皆無だ。

「パルミジャーノ債か」

萩も感心したようにつぶやく。満島はすっかり無言で『サントモール』を堪能していた。

「ねえ園さん、チーズ投資って知ってる？」

「パルミジャーノの？」

「ちがうちがう。今ね、密かに盛り上がってる投資なんだけど。これがなかなか熱いんだよね」

萩いわく、現在チーズは食生活の変化によって、中国やインドでの需要が急激に伸びているのだという。したがって、これから右肩上がりでの大きな成長が見込める分野であるとのことだ。

「なにせ二国で人口二十八億人もいるからね」

「ああ、そういえば、コーヒーとかチョコレートにもそんな話があったような……」

うろ覚えだが、羽純もニュースで見たことがある。この莫大な人口を抱える二国での需要が伸びることで供給が追いつかなくなり、価格が高騰するとかなんだとか。

「そう。だから俺ね、いまオランダのチーズ商社にも投資してるんだよね。オランダはチーズの輸出大国だからさぁ」

言って、スマートフォンで一枚の写真を見せてくれる。

それは風車を背景に、青空のもとピクニックをしているような写真だった。レジャーシートを敷き、欧州人らしき女性たちが、たくさんのチーズやパンを囲んで笑顔で写っている。いずれも白いレースの帽子と花柄の民族衣装を着ていて、牧歌的ないい風景だった。

羽純は写真のなかの、赤い表皮のチーズを指した。四分の一にカットされていたが、もとが球体だったのがわかる。

「これエダムかな」

さきほど食べたばかりだ。

「よく知ってるね、エダムはゴーダとならんでオランダを代表するチーズだよ」

「じゃあこれ、オランダの写真？」

そ、と萩は得意げだ。

なんでも、投資先である商社の女性役員たちを撮ったものだという。女性が活躍している商社のようだ。さすが欧州、すばらしい。

それからチーズのマルシェらしき景色を写した写真や、チーズ工房、牛や山羊の写真も見せてくれる。いずれも投資先に関係する写真だという。

「今のところ順調な利回りだよ。配当金も高配当株よりずっといいし、こういうのは先見の明が大事っていうか。ＮＩＳＡも制度が変わるまえにはじめた人は大儲《おおもう》けだっただろ？　初期に参加するのが成功の秘訣さ」

うぅ。新制度がはじまってからもたもたと参入して赤字を垂れ流している羽純には耳が痛い話だ。

「お待たせいたしました」

「わぁ……！」

それからまもなく新たな皿が運ばれてきて、羽純は喜びの声をあげた。

チーズが美味しそうだったのはもちろんだが、今度は新垣がサーブを担当していたのだ。英国紳士イケオジの新垣は背中に一本スッと筋が通っていて、スマートな立ち振る舞いが素敵すぎる。

「パルミジャーノ・レッジャーノの二十六か月熟成。そしてサービスのチーズのせバゲットでございます」

ブロック状に小さく砕かれたチーズのほか、サービスだという焼きたてバゲットが二切れついている。どちらもその上には熱々にとろけたチーズがのっていた。まろやかなチーズ香がふんだんに匂っている。

「バゲットのチーズですが、右がさきほどお召し上がりになったグラナ・パダーノ、左がパルミジャーノです。グラナ・パダーノはパルミジャーノとよく似ていると言われるチーズではございますが、ぜひキッチンのハズバンドとイタリア最高峰チーズ、そのちがいを食べ比べていただければと思います」

「でも、いいんですか？」

「ここだけの話ですが、さきほどチーズを砕く際に手もとを誤りまして、細かい端物《はもの》が多く出てしまったのです。そういったものはお客様にお出しできませんので。いつもご愛顧いただいている御礼でございます」

新垣がひそっと言う。

本当かどうかはわからないが、とにかくありがたい話だ。ではまず焼いたバゲットが熱いうちに、と口に運ぶ。

「は、はふ、はふ……」

思っていたより熱い。

ガリッとした歯ごたえのバゲットに、溶けたグラナ・パダーノがとろとろとまとわりついて、さきほど食べたものよりもずっとミルキーな味わいだ。香りもぐっと強く、旨味が舌をつつんで離さない。

「んーおいひぃ……！」

いつだったか、伸びないチーズにがっかりしたことがあった。けれどあれは間違いだったと今は思う。チーズが伸びないのが悪いんじゃない。あのチーズ自体にポテンシャルがなかっただけなのだ。

だって、カチコチの長期熟成チーズ、こうして焼いたら柔らかく溶けて、伸びることはなくてもとんでもなく美味しいのだから。

＊＊＊

美味しい朝食があると思うと、人間、早起きが苦にならないものである。

いや、美味しいだけではだめだ。面倒な手間がないことも重要なのである。

できれば家に渋めのイケオジが執事として存在して、羽純の朝食をつくってくれれば言うことなしだが、現実的に無理なので自分で用意するしかない。

羽純は身支度を整えて、それから薄切りのバゲットをトースターにセットした。カットしておいたものを冷凍して、それを朝食べるぶんだけ焼くというお手軽朝食である。

チン、とベルが鳴り、取りだしたバゲットにチーズを塗る。ゴルゴンゾーラ入りスプレッドだ。スーパーで見かけたときには、「『入り』……なんだ、『入り』かぁ……」と微妙な気持ちになったが、なかなかどうして、これが美味しいのだった。羽純としては、むしろゴルゴンゾーラそのものをのせて食べるよりも好きかもしれない。

「ふぅ、ふぅ……熱っ！」

苦戦しながら、ザクッと音を立てて齧る。

スプレッドはとてもクリーミィで、ゴルゴンゾーラ特有の匂いがほんのりと香る。青かびチーズが持つ塩気も強く主張してこないのがいい。それでいて、旨味とコクはじゅうぶん過ぎるほど堪能できて、言うことなしだ。

「は～ダメだ、食べ過ぎちゃう」

欠点があると言えば、食べ過ぎると前歯の裏から出血するところか。こんがり焼いてザクザクになったバゲットは時に凶器だ。

泣く泣く五切れで食べ終え、歯を磨く。ついでにカレンダーを確認して、なんだか気持ちが弾んだ。明日は羽純の誕生日だ。

（いいチーズ、買って食べよう）

チーズと、いいお酒。

誕生日はマコたちがお祝いにおでんをつくりに来てくれると言っていたから、明日は避けて、週末くらいに買いに行こうか。ああ、でもそれなら買って帰るのではなくて、仕事帰りに寄ってのんびり食べてきてもいい。

（……でもなぁ）

ひとつだけ憂うところがあって、羽純は歯磨きの手を止めた。

『フォンテーヌ』で萩とたまたま会ったのが先々週のこと。じつは先週末も店で会った。もともと萩が教えてくれた店だから、萩が通うことになんら不自然さはない。ないのだが、その挙動から徐々に距離を詰めようとされている気配を感じて、非常に困惑していた。

おそらく気のせいではない。羽純でもそれくらいはわかる。

先週など、酔いに任せてどんどん物理的に距離を詰めてきたので、萩が苦手な青かびタイプのチーズをひたすら食べて臭わせ、防御する羽目になった。

あれはあれで美味しかったのだが、ゴルゴンゾーラやロックフォール、スティルトン、ダナブルーとオールキャストで、パンチが効きすぎたフルコースだった。バゲットに塗りながら食べたが、青かびチーズというのは大量に食べるようなものではないなと思う。いや、バクバク食べつづける人もいるのだろうけれど、塩気が強いので大量だと羽純にはちょっときつい。

（あぁ、でもあの塩気が蜂蜜とかレーズンパンとあうんだよなぁ。いつまでも口のなかに旨味が残るのも最高。なんかふと思い出して食べたくなっちゃうな……もう悪魔的な魅力）

やっぱり、もう一切れゴルゴンゾーラ入りスプレッドを塗って食べようか。

強い誘惑にかられながら、羽純はこの日も出社した。

十一月も中旬になると、仕事はいよいよ年末進行である。

早めに出社して資料を確認し、羽純は朝から慌ただしく会議と取引先とのアポをこなして回った。

この日オフィスへと戻ってきたのは午後三時を回ったころのこと。早いほうだ。業務はここからが本番である。外回り中に溜まりに溜まった事務仕事を片づけなくてはならない。

とにかく足が疲れた座りたい、とイスを引いて、羽純は目を瞬《しばた》いた。

「――うん？」

イスの上に、見覚えのない紙袋が置かれている。

なんだろうと訝《いぶか》りながら中を見て、さらに困惑する。

贈り物のようにきれいにラッピングされたボトル、そしてなんだろう、いかにも要冷蔵っぽい銀色の袋も一緒につめられている。

「なんだろう、これ……」

周囲を見るが、今日は部内の社員ほとんどが外に出ている。どうしたものかと考えているところへ、ちょうどよく大先輩が帰ってきた。

「大先輩、これなんだと思います？　だれかのお土産ですかね」

「ん、土産？　いやアタシのところにはないわよ？　まさか園ちゃんに配れって任せたってこと？　まだいるのねえ、昭和のクソ男みたいなやつ」

言いながら紙袋をのぞいて、大先輩は「あきれた」とつぶやいた。

「なぁんだ。バカ言ってんじゃないわよ。これ園ちゃんへのプレゼントでしょ、どう見たって」

「え？」

目を丸くする羽純に、「ほら」と中から名刺サイズの紙を取り出して見せる。メッセージカードだ。二つ折りで、シールでしっかりと閉じられている。

「ほら、Dear Hasumiって書いてあるじゃん。明日誕生日でしょ？」

「あ、はい、そう、です……」

われながら間抜けな返事をしてしまった。

「ハイ誕生日プレゼントで確定。だれが、なんて言わないのよ？　萩くんに決まっているでしょう。ちょっと中見ていい？」

うなずくと、大先輩はボトルのラッピングを少しほどき「赤ワインね」と確認し、それから要冷蔵の包み紙を開けた。

出てきたのは保冷剤と、そしてラッピングされた箱だ。

「これ、チーズだ……」

両手にのるサイズの箱で、表面にはフランス語でなにか書かれている。読めたわけではないけれど、その重量感とひんやりとした感覚でピンときた。鼻を近づけるが、しっかりシーリングされているのか匂いはしない。

「チーズとワインなんて、萩くんらしいじゃない。ありがとう、一緒に食べましょう？って言ってほしいのよ。バッグとかネックレスじゃないところがアタシは気に入ったわ。それにバッグ類よりも返しにくいっていうのもミソだわね」

たしかに……。

高価な物を渡されたなら、こんなの受けとれないと言って返すだろう。けれど食べ物や飲み物というのは微妙なところだ。受け取らないという選択を取りにくい。そして受け取った以上はお礼が必要になる。

「来月はクリスマスだものねえ。攻勢に出たわね。園ちゃんも、もう浮かれ気分で受け入れちゃったら？　クリスマスを楽しく過ごしてから別れるのだってありでしょ」

「そんな適当なこと言わないでくださいよ……」

「だってもう、仕事しづらくなるなんて言ってられる状況じゃないでしょう」

「……」

「もうね、これは気がないなら気がないって、はっきりしてこなかった自己責任よ。トラブルを先送りにしたって、結局こうして向き合わなきゃならないときがくるの。もういい歳した大人なんだから、肚くくりなさい」

返す言葉どころか、もはやぐうの音《ね》も出ない。

それから羽純は途方に暮れながらも、給湯室の冷蔵庫にチーズをしまった。ワインは紙袋ごとシンクの脇において、仕事に戻る。

それからは気持ちを切り替えて、集中して事務仕事に取り掛かった。むしろ過度なほどに集中することで、プレゼントのことを考えないようにしていたのかもしれない。

定時になり、二時間の残業を終えて、パソコンの電源を落としたときにそれを実感した。

（……ああ、もう。ホントどうしたらいいんだろう！）

帰る時間だ。さあ、プレゼントを持って帰るか、突き返すか、どちらかを選択しなければならない。

まずはまだ残業に集中している萩に、「あのプレゼントって、萩くん？」と尋ねるところからだろうか。

（いやいやいやいや）

笑顔でそうだよって言われたら、どうすればいい？「ありがとう」以外の返事ができる自信がない。でも、好意を受けとれないのなら、それではたぶんダメなのだ。

（萩くんのことは嫌いではないけれど……）

ただ、高級腕時計やスーツにこだわる価値観が、どうしても羽純とは合いそうにない。価値観の相違というのはなかなかに大きな問題だ。

(なんで私なんだろ……)

頭を抱えたい。

しかも萩は、おっさん女子であるという羽純をそのまま受け入れて、ありのままを好んでくれているわけではないのだ。前々からそうかな……とは思っていたが、ここ最近の『フォンテーヌ』での態度で確信した。

萩はやはり、入社当時の羽純——つまりキラキラ女子を目指していたころの羽純を好きでいるようなのだ。酒が入るとすぐに「前のファッションのほうが似合ってた」「髪も前みたいに巻いたほうがいい」「最近アイメイクしてないけど、やったほうがいいよ」などと言ってくる。

高級オーブントースターが羽純の家に復活してこないように、あのころの羽純はなにを言われても復活などしてこないというのに、こちらがどう断っても聞く耳を持たない。

それにお酒に関しても、しつこくワインをすすめて日本酒を否定してくるのも微妙なところだ。萩がワインが好きなのはいいが、羽純の好きなものを否定しないでもらいたい。

(断らないと)

ごめんなさい、と言って、給湯室の冷蔵庫にあるから持って帰ってね、と、そう言わなくては。

そっと、萩のデスクを盗み見る。萩はまだ残業中だ。集中しているのか、こちらに気がつく様子はない。

よし、行こう。行くしかない。言うしかない。

(――あ！　でもちょっと待って。もしかしたら私へのプレゼントっていうのが、そもそも誤解の可能性、ない？)

大先輩には「んなわけあるか！」と小突かれそうだが、可能性はなきにしも非ず。だって宛名は見たが、メッセージカードの中は読んでいない。もしかしたら、中にはまったく意図のちがうことが書かれてあるかもしれない。いや、なんとかそうであってくれ頼むから。

希望にすがるように、羽純は給湯室へと向かう。だが――

「……え、え、え、え？」

羽純は当惑した。

ない。ない。

「チーズが、消えた……」

真っ白でひんやりとした狭い庫内、どこをどう見てもチーズの姿はなかった。

＊＊＊

翌日。

「それで？」

おでん鍋をつつきつつ、マコが訊く。そのまま卵を取ろうとしたところを、心愛が「ちょっと、卵はひとり一個でしょ！」と箸で妨害した。珠莉が自分の卵をマコにゆずり、代わりに大根をもらいながら言う。

「だれかがまちがって食べちゃったとかはない？　うちの事務所はよくあるんだけれど。だから冷蔵庫に入れるものにはみんな名前を書くのよ」

「ううん。そういうのじゃなかった」

羽純は首を横に振った。

今日は、羽純の二十八回目の誕生日。

チーズ消失事件はもう昨日のできごとである。

誕生日を祝いにやってきてくれた友人三人に、昨日のできごとを相談しているところだった。

お猪口《ちょこ》に注がれたぬる燗を口に含み、味わってから、つづきを話す。

「じつはね、そのあと先輩と一緒に探して、なんとか見つかったことは見つかったんだ。──チーズは、給湯室のゴミ箱のなかにあったの」

「ゴミ箱ぉ？」

と、三人が口をそろえる。

「はあ？　つまりチーズは消えたんじゃなくて、だれかに捨てられてたってこと？」

「まあ、わざとかどうかはわからないんだけど」

「わざとじゃなくて、ラッピングしてある他人の食べ物を捨てるやつがどこにいんのよ」

「それは、わからないけど……」

「ワインは？　プレゼントにはワインもあったのよね？」

「あー……じつは、ワインも捨てられてたんだよね」

さきに発見されたのはワインだった。

給湯室には小さなシンクがあり、そのわきにゴミ箱がある。燃えるごみのゴミ箱は大型で蓋つき。燃えないごみのゴミ箱には一斗缶を使用していた。その一斗缶のなかに、砕かれたワインボトルの破片が捨ててあったのだ。

「まさか捨てられてるなんて思ってなかったから、私そんなところぜんぜんチェックしてなくて。一緒に探してくれた、大さんっていう先輩が見つけてくれたんだ」

「まさかとは思うけど」と、心愛が目を据わらせる。「イジメ？」

「ちがうちがう！」

だが大先輩も「だれがこんなことを」と怒り、社内のだれかが羽純に嫌がらせをしたのではないかと疑った。なにせ、単なる不慮のできごとで割れてしまったのなら、必ず謝罪の声掛けがあるはずだからである。ワインが入っていた紙袋には羽純宛てのメッセージカードだってあったのだから、ごめんと一声かければ済むはずだった。それをしない時点で、尋常なできごとではないというのが先輩の主張である。たしかに、と思わなくはない。

重大事案と判断した大先輩は残業中だった神林部長に相談し、羽純の望むところではなかったが、ちょっとした騒ぎへと発展してしまった。昨年、別部署にて社員間のいじめ事案があり訴訟にまで至った経緯もあって、こういった小さなできごとを見逃さないようにと厳しく通達があった中であったので、致し方ない面もある。

そうして部長の声掛けのもと残業メンバーでチーズ探しが行われ、かくしてゴミ箱の中からぐちゃぐちゃに潰されたチーズ、そして紙袋が発見された次第である。

「そういうことされる心当たりとかないわけ？」

「ぜんぜん……」

「やっぱイジメじゃん！」

憤慨しているのは心愛だ。

「はっきりさせないといけない問題点はいくつかあるわね……」

珠莉が大根に箸を入れながら、考えるように宙をにらむ。

「まず、わざとか、そうでないか。つぎに、羽純ちゃんのものだと知っていてやったものなのか、知らなかったのか。そして犯行はいつ行われたのかを考える必要があるわ」

「犯行って……」

珠莉はミステリかぶれである。

「んー、そのチーズとワインが羽純のものだってのは、みんな知ってたわけ？」

「どうかなぁ」

羽純がイスに置かれた紙袋を見つけたのは、オフィスに戻ってきた午後三時ごろ。

何人かは羽純よりも早くその存在を目にしていたかもしれないが、みんなかと問われれば、それは否定に傾くところだ。

「あ、でも私のイスに置かれる前は萩くんが持っていたはずだから、萩くんのだと思っている人はいるかも？」

「じゃあ、その萩ってやつのものだと思って捨てた可能性もあるね」

「待ってよ」

マコに、心愛が箸をびしっと向ける。

「メッセージカードは？　紙袋の中には羽純宛てのカードが入ってたんだから、勘違いのしようがなくない？」

「なくはないっしょ。犯人は、萩ムカつくー！　ってワインとチーズを捨てたあと、紙袋の底に羽純宛てのカードが入ってるのを見つけた。ヤバい間違えたと焦って、紙袋もゴミ箱に捨てた」

「そういえば……」

羽純が言いかけると、三人はおでんをはふはふと頬張りながら注目する。

「そのメッセージカードなんだけど、どこに行ったかわからないんだよね」

ゴミ箱は徹底的に調べられたけれど、メッセージカードだけは、その欠片すらも出てこなかった。

「なにそれ。べつの場所に捨てられたとか？」

「チーズとワインはおなじ給湯室なのに、それだけほかの場所を選ぶのも変じゃない？」

「価値があるもので、犯人が持って帰ったというのはどうかしら」

「ないない。ふつうの二つ折りカードだった」

二つ折りでシールで留めてあった。開いてはいないけれど、中になにか挟まってるような様子もなかったと思う。

「それにしても、なんかいやな気分だな。理由がなんであっても、食べ物をあんなにぐちゃぐちゃにして捨てるなんて……」

羽純が溜め息をつくと、珠莉がハッと顔をあげる。

「ぐちゃぐちゃ……それだわ！　チーズやワインが捨てられていたのは、捨てることが目的だったのではなく、中に入っていたなにかを取りだすことこそが真の目的だったのよ！」

「は、はい？」

「たとえば宝石とか。ほら、バブルの時代はお酒のグラスにジュエリーを入れて女性に呑み干させたりしたっていうじゃない。そんな感じで仕込まれていたの。チーズだけ潰すと不自然だからワインも捨てたのよ。あるいはその逆ね。どう？」

どうといわれても。

だれがチーズに宝石を仕込んで羽純にプレゼントするというのか。萩は富豪か。

「いろいろ不自然極まりないと思うんだけど。だいたいチーズに宝石が仕込まれていてそれが欲しいのなら、チーズごと持って帰ればいいでしょ。ワインボトルに仕込まれていたとしたら、それはまあ、大きいから目立っちゃうかもしれないけど」

そこまで言って、ん？　と思う。

（持って帰ればいいけど、持って帰れなかった……？）

一瞬、なにかがきれいに閃《ひらめ》いた気がした。

けれどもその閃きは、捕まえるまえにあやふやになって消えてしまう。

だめだ。やっぱりなにもわからない。

うーん、とみんなで唸った。

「それにしても、かわいそうなのは羽純もだけど、その萩ってやつもだよね。せっかく羽純のために用意したプレゼントだったんでしょ？　コクる気満々の」

「告白する気があったかどうかはわからないけど」

でも、ゴミ箱からぐちゃぐちゃになったチーズが発見されたとき、萩は青い顔で呆然とそれを見ていた。しかも今日は体調不良とのことで、仕事を欠勤までしている。

大先輩いわく、「園ちゃんが捨てたと思ってショック受けてるんじゃない？」とのことだったが、弁明が必要だろうか。

（こんなことになってごめんって、明日そう謝ろう……）

プレゼントには困惑していたが、こんなことになるなんて、まったく望んでいなかった。

羽純は複雑な思いで、明日萩へとかける言葉を模索した。

＊＊＊

ところが、である。

「え、なんのこと？」

きょとんとする萩に、今度は羽純が呆然とする番だった。

萩はあのあと数日にわたって欠勤をつづけ、ようやく顔を合わせたのが、週が明けての火曜。

病み上がりのせいか明らかにやつれた様子で、そんなときに申し訳ないなと思いながらも、羽純は覚悟を決めて声をかけたのだ。

「プレゼント、あんなことになっちゃってごめん」

と。

その反応が、これである。

羽純はわけがわからず、ただ戸惑った。

「え、なんのことって、ほら、私のイスの上に紙袋があって、チーズとワインが入ってたんだけど、それを給湯室に置いておいたらだれかに捨てられちゃって……」

「あぁ、騒ぎは知ってるよ。大変だったね」

大変だったねとは、ずいぶん他人事《ひとごと》だ。

……いや、まさか。

羽純はハッとした。

すっかり忘れていたが、騒動になったのはプレゼントの贈り主を確認しようとしていたタイミングだった。つまり未確認のままである。

「えっと、もしかしてだけど、あれ、私のイスに置いたの、萩くんじゃない、とか？」

いまさらすぎる質問だなと思いながら問う。

萩は、知らない、置いたのは自分ではない、と答えた。

＊＊＊

もう、わけがわからない。

それから三日が経った金曜日。

羽純はついに途方に暮れて、オフィスの休憩スペースにあるベンチの上でだらりと伸びていた。昼休憩の時間は、外に食べに行く人やまだ外回りに出ている人もいて、フロアに残っている人影はまばらだ。

「あらあら、どうしたの」

缶コーヒーを買いにきた大先輩がとなりに腰を下ろす。羽純も起きあがって座り直した。

「どうしたもこうしたも、わけがわからないことだらけで……」

「ああ、プレゼントのこと？　まあ、園ちゃんとしては気持ちのいいものじゃないだろうけど、あれでよかったと思うことにしたら？　萩くんの攻勢、困ってたんでしょ？」

「それはそうなんですけど、でもあれ置いたの萩くんじゃないらしいです」

経緯を説明すると、大先輩もぽかんと口を開けた。

「それホントに？」

「本人はそう言ってます」

「そっかぁ……最近の萩くんなんだか様子がおかしいから、あたしはてっきり、プレゼントを捨てられたことで傷心中なんだと思ってたわ。ほら、なんかやつれてるし自慢のスーツはヨレヨレで、髪のセットも自慢の時計も忘れてきてるんだもの。どう見たってフラれた男のダメな末路じゃない」

「ふってません」

「わかるけど。でも、園ちゃんに告白のメッセージを添えたプレゼントをした。ところが園ちゃんはそれを捨ててしまった。信じられない。悲しい。ショック。——みたいな感じが一番しっくりくるわよね」

「たしかに、はたから見たら完全にそうなんですけど……。実際、萩くん私に対してすごくよそよそしくなってて……」

今までの馴《な》れ馴れしさはいったい何だったのかと思うほどの豹変《ひょうへん》ぶりなのだ。

「なんか気まずい感じに避けられてるように思います」

正直なところ、よそよそしかろうが避けられようが、仕事さえきちんとできるのなら羽純としてはまったく結構なのだが、なぜか明らかに気まずい雰囲気が横たわっていて、居《い》た堪《たま》れない。仕事がしづらいといったらなかった。

「まさに恐れていた、『告白を断って気まずくなっちゃいました私たち』って感じの雰囲気なんですけど、これ、なんなんだと思います?」

告白を断っての態度ならまだ納得がいく。覚悟の上だ。

けれども実際には告白なんてされていないし、断ってもいない。

そもそもあのプレゼントは萩のものではないという。もちろん、捨てたのも羽純ではない。それなのに気まずいだなんて、理不尽すぎる。

そうねえ、と大先輩は腕を組む。

「なんだか本当によくわかんなくなってきたわね。差出人不明のプレゼント。だれかに捨てられて、メッセージカードは行方不明。萩くんは謎の傷心中」

「私宛てだったのはたぶん間違いないと思うんですけど、わかっていることと言ったらもうそれくらいで……」

唸りながら、しばしふたりで考える。

そこへやってきたのは後輩の前田だった。空き缶を捨てにきたらしい。エナジードリンクの空き缶を二つも持ってきたので、大先輩が「体に悪い」と声をかけた。

「わかってはいるんですけど、このジャンクな甘味がクセになっちゃって」

「早死にするわよ。彼女が泣くわ」

「それは困ります」

笑って頭を掻く。去り際、前田はふと思い出したように立ち止まった。

「そういや園さん、給湯室で持ち物？　が捨てられてた件、解決しました？」

「ううん、まだだけど……」

「僕、やったひと見たかもですよ」

「え!?」

思いがけない言葉に、心拍数が上がる。

つぎの言葉を待ったが、前田はなにも言わず、エレベーターホールのほうへと目を向ける。視線を追うと、その先にいたのはシステムサポート部の鬼丸さんだった。

苗字の字面とはまるで正反対の可憐な姿で、企画営業部をこっそりと見回している。

「僕、あの日の残業中、給湯室から離れていく鬼丸さんを見たんです」

「いやでも、だからって疑うのは……」

このフロアは三つの部署で簡易的に区切って使用されている。給湯室は企画営業部の真横にあるが、占有しているわけではなくて共用だ。彼女が出入りをしていても不自然ではない。

「失礼ですけど園さんは甘いです。来月はクリスマスですよ? フリーのひとが考えることなんてみんなおんなじですよ。クリスマスまでには相手をつくりたいって。まあ僕は彼女がいますけど。萩さんも園さんのこと狙ってましたし、鬼丸さんは萩さんのことを狙ってたんですよね。嫉妬されてたんじゃないですか?」

「そんな」

「しかも鬼丸さん、萩さんの元気がないから心配だとか言って、萩さんがずっと休んでいたあいだ、何回か家まで押しかけたらしいですよ。すごくないですか？」

すごいというか、羽純としては行動力がある女子っていいなと思う。

「あのふたり、それでそのままくっついたんじゃないですか？　園さんにフラれてしょぼくれてましたし、いい癒しになったんじゃないですかね」

「だから、ふってないって」

ここはきちんと断っておく。

「で、アンタなんでそんなこと知ってんのよ」

「朝、女子社員たちがここでしゃべってるの聞いたんです。あ、でも裏どりはしてませんので悪《あ》しからず」

羽純は大先輩と顔を見合わせる。

前田は「じゃあ失礼します」と言うと、デスクへと戻って行った。

「なるほどねえ」

つぶやいたのは大先輩だ。

「いろいろわかんないことはあるけど、だれが捨てたのかってところだけは目星がつけられそうな感じかしら」

「いや待ってください、前田くんの話だけで決めつけるのはちょっと」

「忘れてるみたいだけど、これに関しては部長とアタシも調べたのよ。重大事案の可能性ありだったでしょ」

「そんな大した話では。私、いじめられてなんかいませんし」

「それはよくわかってる。でも、だれかが人のものを勝手に捨てたことには変わりないでしょう？　悪質だし、社内治安の問題でもあるわ」

厳しい眼差《まなざ》しだ。

「それでね、アタシたちが調べたのは防犯カメラよ。給湯室の入り口そのものは映ってないけど、該当する時間帯にそのあたりをうろついていた人物は四人まで特定しているの。もちろんそこに鬼丸ちゃんも入っているわ」

残業をして、退勤したのは午後七時半。

暖房の効いたオフィスビルを出て、外の寒さに身を縮めたところで着信音が鳴った。珠莉からだ。吐く息が白いなと思いながら、電話に出る。

軽いあいさつを交わしたあと、珠莉は「ところでチーズの件、どうなってる？」と訊いてきた。どうやらこれが本題のようだ。ミステリを愛する彼女は顚末《てんまつ》がどうも気になるらしい。

羽純も、だれかと情報を共有することで頭の中を整理したいと思っていたところだった。少し寒いが、ちょうどいい機会だと思う。

「混迷してるよ。でも半歩くらいは進展したのかな。あのね、部長たちが防犯カメラを調べてくれていて、あ、その前に萩くんが――」

コートの前をしっかりと閉め、あれから新しく得た情報を珠莉にかいつまんで説明する。

プレゼントの贈り主が不明になってしまったこと、萩と気まずい雰囲気になっていること、プレゼントが捨てられたと思われる時間帯、給湯室付近で数人が防犯カメラに映っていたこと。

その数人とは、映っていた順に萩、鬼丸、清掃員、五十嵐の計四名であったこと。

鬼丸がとなりの部署の若い女性社員であることや、萩に好意を持っているらしいこと、五十嵐が既婚の同僚男性であることも補足して伝えた。

「ただ正確に言うと、清掃員さんのあとには私、先輩、部長も映っていたみたい。この三名を除いた四名ね。フェアじゃないかもだけど、私の自作自演って可能性については考えない方向で」

「わかってる。ミステリみたいにそこまでがちがちに条件を整える必要はないでしょう？」

言われて、羽純は小さくうなずいた。

自分が犯人でないことはわかっているし、もし大先輩が犯人なら、部長に報告して事を大きくしたりなどしなかったはずだ。部長にしても同じことが言えるだろう。もちろん部長を疑うなんて愚は二度と犯すつもりはないという決意もある。

「そうねえ……犯人は清掃員さんでしたっていうのが、一番平和な着地点かしら」

たしかに。悪い考え方だが、社内のひとにやられたなんて思いたくない。人間関係も一番穏便に済むだろう。

「あとは動機ね。清掃員さんだったら、なにかむしゃくしゃしていた、とかかしら。そんなときにラッピングされたプレゼントらしきものを見て、思わず八つ当たり的に廃棄してしまった、とか」

そこまで言ってから、あら、と声をあげる。

「そういえば、清掃員さんはゴミ箱の中身を回収したのよね？」

「それが、ここもちょっとした問題になっているんだけど、どうもサボってたみたいなんだよね」

本来ならば、午後四時に給湯室を含めた休憩スペースを清掃し、ゴミを回収するよう決められている。ところが騒動が起きてゴミ箱を漁《あさ》ったとき、なかにはとても回収済みとは思えないほどの量のゴミが残されていた。その件に関しては部長が請負業者に問い合わせ中とのことだ。

「そうなの。じゃあ、その前に映っていた萩さんと鬼丸さんも容疑者のままね」

「容疑者って、その言い方は大げさ」

「容疑がかかっているんだから容疑者よ。こちらは探偵かしら。あ、ちょっと笑ったわね？　どの面下げてお前がって思ったんでしょう？　連作短編のミステリでは一章めの犯人が二章めで探偵だったり、その逆もあったりするんだから。もちろん贖罪《しょくざい》の気持ちの表れでもあるのよ」

わかってるわかってる、と羽純は笑い含みになだめてから、推理へと軌道を戻す。

「でも萩くんだとしたら動機がわかんないなって思う。自分が持ってきたプレゼントを自分で捨てて――あ、萩くんは否定してるんだった」

プレゼントは現在、差出人不明である。

「すると、だれかによる羽純ちゃん宛てのプレゼントに、萩さんが嫉妬して捨てたって可能性はアリね」

「嫉妬して捨てたなら、なんでそのあと私を避けるかなぁ」

「罪悪感に苛《さいな》まれているとか。メッセージカードは、愛の言葉が書いてあったから持ち去ったのよ。羽純ちゃんに読ませたくなかった」

「一理あるような、ないような」

それにあれが萩からのプレゼントでないとなると、ではだれからなのかという巨大な問題が立ちあがってきてしまう。心当たりは皆無だ。

そもそもの話、羽純への誕生日プレゼントとしてチーズとワインをチョイスするなんて、萩以外考えられないのではないだろうか。羽純がチーズにハマっていることは、おそらく萩しか知らないはずだ。

(あぁ、だとすると、どうして知らないなんて言う必要が……?)

わけがわからない。

「あとは鬼丸さんってひとね。萩さんと羽純ちゃんで三角関係になってる」

「いやちがうから。私たちを線で結んだら一直線にしかならないから」

「やっぱり一番怪しいのはこのひとよね」

ぜんぜん聞いてない。

溜め息をつきつつ、説明をする。

「鬼丸さんは、萩くんが出入りした直後に一回、そして五十嵐くんが休憩スペースあたりでカメラに映った少しあとの午後五時半ごろの、計二回映っていたらしいんだ」

後輩の前田が目撃したのは後者だろう。

「嫉妬による犯行……動機としても王道だわ。そして萩さんには、羽純ちゃんが捨ててたところを見たとウソを吹き込むことで失恋気分にさせて、弱ったところを励ます作戦で一気に仲を深める手筈《てはず》よ。どう？　これだとすべてに説明がつく気がするのだけど」

「あ、たしかに」

謎はすべて解けた。

「……いや待って待って！　カードは？　メッセージカードが消えた謎が解けてない」

「愛の告白が書かれていたから、腹が立って持ち去ったのよ」

「なら破って捨てりゃいいじゃない。大事に持ち去るなんてことする？」

「だってゴミ箱から回収されてパズルみたいに組み立てられちゃったら、告白が成功しちゃうじゃないの」

「たしかに……。じゃない。成功しないから」

「そこは羽純ちゃん次第だもの。鬼丸さんからしたらやっぱりカードは持ち去るしかなかったんじゃないかしら」

ええ……？

そうだろうか……。

「もう決まりだとは思うけれど、念のため最後の五十嵐さんってひとについても検討してみましょう。羽純ちゃんとなにかトラブルがあったりはしていないの？」

「ぜんっぜん」

おそらく五十嵐がカメラに映っていたのは、いつものごとく休憩スペースでスマホゲームをしていたからだろう。早く帰宅したほうがご飯をつくるという妻とのルールを守りたくない一心で、いつも社内で時間を潰している。いや、守ってはいるがインチキをつづけているというべきか。

「じゃあ、五十嵐さんの名前は容疑者リストから削除ね。清掃員さんも、メッセージカードを持ち去る理由がみつからないから、こっちも削除でいい気がするわ。論理的推理から言うと、最重要容疑者は鬼丸さんよ」

「うーん、百歩譲って鬼丸さんがやったと仮定するとなると、大前提としてプレゼントは萩くんからだったことになるけど、じゃあどうして萩くんはプレゼントのこと知らないなんて言うんだと思う？」

「それは……」

珠莉が電話の向こうでしばし考え込む。

「……うん、きっとこうだわ。鬼丸さんから、羽純ちゃんが捨てていたというニセの情報を聞かされて、プライドがズタズタになったのよ。だから自分からのプレゼントだったとは認めたくなかった」

ふと、ゴミ箱から潰されたチーズが発見されたときのことを思い出す。

呆然とした、萩の青い顔……。

あのときどんな思いで見ていたのかと想像すると、ひどく胸が痛む。

「……私、ちょっと犯人に腹が立ってきちゃった」

まだだれがやったと確定したわけではないし、それが鬼丸さんであると疑う気持ちもない。けれど、ひとの気持ちと食べ物を踏みにじる行為そのものには怒りがわく。

（あれ絶対シェーブルだった。いや、ブルビかも……）

白い色合いから、おそらくそうだろうと思う。

今は晩秋で、羊や山羊の乳が出るシーズンは基本的に終わっている。『フォンテーヌ』でもずいぶんそれらの品ぞろえは減ったが、あれはなんというチーズだったのだろうか。どんな味がして、どんなお酒にあうチーズだったのだろうか。

「……ごめん珠莉。お腹空いてきたわ」

二、三言葉を交わして、通話を切って歩き出す。

なにを食べようか？

もちろん、チーズに決まっている。バゲットもあれば言うことなし。

＊＊＊

「いらっしゃいませ、園さま。お仕事お疲れさまです」

すっかり通い慣れた道を歩き、いつものドアをくぐる。店長の新垣が紳士的な所作で迎え入れてくれて、なんだかほっと一息ついた。

ほどよい暖房と、暖かな色合いの間接照明が心を穏やかにしてくれる。すっかり冷え切った体に燗酒が満ちたような気分だった。

カウンターのいつもの席には満島の姿もあった。羽純がきたことに気がつくと体を少しどかして、彼の奥隣が空いていると知らせてくれた。

「こんばんは」

お互いあいさつを交わして席に着く。

すっかり気が抜けてしまったせいか、どっと疲れが押し寄せてきた。羽純自身が思っていたよりずっと、あの件にはショックを感じていたのかもしれない。ふり返ってみれば、目的がなんであれ陰湿極まりない行為だ。

カウンターテーブルに肘を預けて大きな溜め息をつく。

「お疲れのようですね。年末進行ですか」

満島がホットワインの赤を片手に尋ねてくる。

湯気が立つ深紅の液体に、ああ、いいなと思う。燗も捨てがたいが、ホットワインもいい。温かさとスパイスが体の芯まで沁《し》みそうだ。

「仕事より、べつなことで疲れたなぁって感じです。そういえば前にお会いしたとき、満島さんも随分お疲れのようでしたけど、そのあとどうですか？」

もう三週間くらい経っただろうか。今日はタウリンが含まれているという山羊乳ではなく、牛の乳でつくられたチーズを食べているようだが。

満島は羽純を見てまばたき、それから少しだけ困ったように笑った。こうも表情が変わるのは珍しいな、などと思う。

「じつは、あのときも疲れていたわけではないんですよ」

「え、そうだったんですか？　私勝手に……すみません」

なんだか元気がない様子だったので、疲れているのだと勝手に解釈してしまった。しかも早乙女に声をかけて、元気が出るようなチーズはないかなどと尋ねた覚えがある。かなり余計なことをしてしまった。

「いえ、仕事関係でちょっと考え事があったので、それが顔に出ていたのでしょう。あまり表情が豊かなほうではないので油断をしていました」

「そうでしたか……」

つまり言い換えれば、つい顔に出てしまうほどの考え事だったということだ。考え事というよりも悩み事に近いのかもしれない。

「園さん、こんばんは。お飲み物はいかがされます？」

早乙女がやってきた。

びしっと髪を整え溌剌《はつらつ》として店内を回る彼女の働きぶりを見ていると、なんだか元気が出てくる気がする。

「じゃあ、私もホットワインの赤を。チーズは……」

脳裏をよぎったのは、捨てられてしまった無残な姿のチーズだ。

「どうされました？」

「……あの、名前がわからないんですが、たぶんシェーブルかブルビで、表皮にハーブが使われていて」

「以前お召し上がりになった、フルール・デュ・マキのようなものでしょうか」

「そうです似てます。というか、フルール・デュ・マキだったのかも……？」

それよりも表皮がしっかりしていたような気がしたが……。

熟成具合による差とかだろうかと羽純が考えこむと、満島が顔をあげた。

「コルス島には似たチーズがいくつかありますよ。ですよね、早乙女さん」

「はい。ブルビチーズの表面にハーブといったら、そうかとは思います」

早乙女は今度は羽純のほうを向いて言う。

「ホールでの状態がわかれば、形やトッピングで特定できるかもしれません。たとえば円形かそうでないか、上にコショウの実やトウガラシが飾ってあるか否かなどのちがいがあります。ただ申しわけないのですが、これらのチーズはつぎの入荷が早くとも二月中旬ごろになる予定となっておりまして」

特定できても、現在はお店で食べることができないらしい。

それでもせめてどんなチーズであったのかくらいは知りたかったが、形かぁ、とさらに重めの息が出てしまう。

「ゴミまみれでぐちゃぐちゃじゃ、もとの形は……うーん」

「ゴミまみれ？」

「ぐちゃぐちゃ？」

満島も早乙女も、驚いたようにこちらを見る。

「あー、いやなんでもないです、あはは……」

余計なことを言った。あいまいに笑って終わらせたかったが、ふたりは話すまで待つという姿勢を崩さない。

羽純は仕方なしに「大した話じゃないんです」と前置きをして、ざっと説明する。

「会社でのことなんですが、プレゼントにもらったと思われるチーズがだれかに捨てられてしまって、もったいなかったなぁ、どんなチーズだったのかなぁと。ちょっと知りたくなったという、ただそれだけで」

ふたりは顔を見合わせ、それから青い顔でおそるおそる満島が問う。

「……それって、悪質ないじめなのでは……？」

早乙女もひどくショックを受けた顔だ。通報しないと、と小さい声で言ったのも聞こえた。

「あー大丈夫です大丈夫、いじめじゃないです！」

「そもそもプレゼントにもらったと思われるってなんです」

「外回りから戻ってきたらイスの上に紙袋があって、なかには二つ折りになった私宛てのメッセージカードと、ラッピングされたワインとチーズが入っていたんです。その翌日が私の誕生日だったので、たぶんそのプレゼントだろうと」

「だから、どうして憶測なんですか」

満島は細かいことが気になるタイプのようだ。

「私、メッセージカードのなかを見てなくて。だれからなのかとか、どういう意図だったのかとかはわからずじまいだったんです。カードは消えちゃいましたし、贈り主と思《おぼ》しき相手からは知らないって言われちゃいましたし」

「メッセージカードが消えた？　相手からは知らないと？　そんな謎だらけの説明で終わられても困りますね。気になってしょうがない」

満島がメガネをびしっと押しあげながら鋭く言う。

羽純はたじろいだ。追及が止《や》みそうにない。

「わかった、わかりましたから、まずはチーズを注文させてください。早乙女さん、日本製フロマージュ・フレの食べ比べセットを」

それから羽純は観念して、関係者の個人名は完全に伏せて事のあらましを語ったのだった。

話を聞き終えた満島は、少し考えるように上を向き、それからメガネを直してこちらを向いた。

「チーズとワインを贈られ、その後数時間でメッセージカードは消え、チーズとワインは何者かによって無残に捨てられた。贈り主と思しき男Aは、贈り主であることを否定している上、フラれてもいないのになぜか傷心中」

「いや、傷心中なのかどうかは知らないです。やつれていて、私のこと避けてるなってだけで」

「傷心中じゃないですか」

やっぱりそうなんだろうか？

「それで、男Aというのはあの萩とかいう男ですね？」

「個人情報については非公開です」

満島はメガネの角度を直しながらしばし考え込んでいたが、しばらくして答えが見つかったのか、こちらを見た。

「これは、プレゼントで告白しようとした男Aが土壇場で心変わりした、というのが妥当なところでは？　告白は中止したいがプレゼントを返せとは言いにくい。だからこっそり廃棄し、メッセージカードは持ち去った。……まあこれだと男Aが傷心中である理由に説明がつきませんが」

「いえ、すごくいい推理だと思います。私の友達が考えた推理は、どうにも受け入れ難くて……」

　個人名を伏せたまま、鬼丸による策謀説をざっと説明する。

「――とまぁ、こんな感じで。女子Xによる作戦だったとすると、たしかにすべてに説明がつくんですけど。でも平和じゃないっていうか、よく知りもしない相手を疑うっていうのが精神衛生上よろしくなくて」

　比べて、説明がつかない部分はあるが、満島の推理は平和だ。萩の心変わりくらい、いくらでもしてもらってかまわない。

　だが満島は、推理対決で負けたとでも言いたそうに額を押さえてうつむいた。

「ご友人、名探偵では？」

「いやいや。その一個前は、トンデモなやつを披露してましたよ。私は好きですけど」

　羽純は珠莉による最初の推理、『チーズには宝石が隠されていた説』を披露した。

　犯人はなかに仕込まれていた宝石を奪うためにチーズをぐちゃぐちゃにした、というあれだ。

　ありえないとは思っているが、こちらのほうが怪盗物語っぽくていい。

「チーズに宝石ですか。ガレット・デ・ロワのような話ですね」

　そう言って、満島もかすかに笑んだ。

ガレット・デ・ロワはアーモンドクリームが詰まったパイで、陶器の人形がどこかにひとつだけ入っているという、面白いフランスの伝統菓子だ。切り分けて配り、人形が当たったひとは王様として祝福され、一年を幸せに過ごせるのだという。

「はい。もしくはワインのボトルに入っていたのかも、なんて言っていましたけど」

どちらにせよ片方だけ廃棄すると不自然なので、カムフラージュのために両方をぐちゃぐちゃにした、という推理だ。

「宝石が入っていそうなワインでしたか」

「どうでしょう」

羽純は肩をすくめる。

「赤ワインだったことしか。味も銘柄もわかりません」

「エチケットはわかりますか？　ここにもおなじものがあるかもしれませんよ」

「エチケット？」

「ラベルのことです」

ラベルかあ、と記憶を掘り起こす。

ラッピングされていたこともあって、紙袋に入っていた時点では確認できていない。一斗缶から発見されたときは、大先輩に呼ばれて羽純も確認したが……。

「ラベルはたぶんフランス語で……デザインはなんかハートがこう、ふにゃふにゃと枝に付いているような」

説明がむずかしい。でも羽純の語彙では他に表現方法がみつからない。

「もしや、ブラン・ダムールではないでしょうか？」

そう言ったのは、カウンター内にいた新垣だった。残念ながら『フォンテーヌ』では置いていないという。

すかさず満島がスマホで検索して、画像を出してくれた。

「ああ！　これです！」

「では、お探しのチーズもおそらく『ブラン・ダムール』だったのでしょう」

「ワインとおなじ名前のチーズがあるんですか？」

はい、と新垣は胸に手を当て、執事のような丁寧さで答えた。素敵だ。

「やはりコルス島でつくられているチーズです。冬につくりはじめるブルビで、早春あたりから夏は熟成の若い物が、秋は熟成物が楽しめるチーズです。フルール・デュ・マキ同様、ローズマリーやタイム、サリエットなどの地中海ハーブがふんだんに表皮にまぶされています。絶品ですよ」

絶品！　悔しい、食べたかった……。

「入荷するという早春まで、辛抱強く待つしかないですね」

「そのときにはお取り置きをしてお待ちしております」

よし、人生の楽しみが増えた気分だ。

羽純は、いつのまにか残りひと口となっていたホットワインを呑み干した。フルーティーな甘みがほどよくて、後味にはスターアニスをはじめとするスパイスが効いてくる。もうすっかり体の芯まで温まった。それに爽やかなスパイスの香りは、低空飛行だった羽純の心もリフレッシュさせてくれた気がする。

「おふたりとも、ありがとうございます。なんだかだいぶすっきりしました。推理も、満島さんの説を最終回答として私のなかで採用しますね」

もう、すべての謎が解けた気がする。気持ちが軽い。

だが、すっきりした気分の羽純を見て、満島は少し目もとを曇らせる。

「申しわけないですが、俺の推理はだいぶ怪しい雲行きですよ。チーズとワインの名前であるブラン・ダムールとは、〝恋の芽生え〟あるいは〝愛の芽生え〟という意味です。これはやはり告白を前提としたプレゼントで、かなり気合の入ったものだったということが言えるかと」

「そう、ですか……？」

「ブラン・ダムールというチーズは、この時期容易には手に入らないチーズです。それを手配して、ワインと銘柄をそろえて贈るとは。そこまでしておきながら、当日に急な心変わりをするとはとても思えない」

「そんなこと言わないでくださいよ。いくらでも心変わりしてください」

「それに、名探偵であるご友人の推理のほうが正しいとなると、あなたも不当に貶《おとし》められていることになりますよ。チーズを捨てた女だと誤解されているのは嫌ではありませんか？」

たしかに、その点だけは心外だけれども。

「でも……もし万が一、友達の推理が合っていたとしても、もういいかなって。訂正したせいであらためて告白をされても、こちらはいい返事ができないわけですし」

「それは正直、感じてはいましたが……」

「おっさん女子である私と高級志向のAさんは、価値観がそもそも合わないんです。女子Xさんは資産家令嬢なので、日常使いのあれこれも私のような地味女とはちがいます。並ぶとちょうどいい感じに釣り合いがとれていて、ふたりはかなりお似合いだなと。きっとうまくいくと思うんです」

だからこのままスルーしてしまったほうが、みんな幸せになれる気がする。

あらためてそう納得すると、もはや完全解決だった。

「なんだかすごくお腹が空いてきちゃいました。つぎはパンと食べるチーズとかいいですね」

わくわくとチーズリストを開く。バゲットなどのパンは単品注文もできるから、好きなチーズをのせてがっつり食べるパターンもアリだ。

「パンとあわないチーズを探すほうが困難ですよ。もう少し絞らないと」

満島もプラトーが空になり、リストを開いた。

チーズをのせたトレーを手にホールを回っていた早乙女が、ふたりの様子に気がついてこちらへとやってくる。

「つぎはどのようなチーズをお探しですか？」

「お腹が空いたので、しっかり食事になるようなものを。パンも単品で頼もうかと」

「お好みのチーズをのせて、焼いてお出ししましょうか」

「絶対それです最高です」

想像しただけで、もうたまらない。空っぽではないのにお腹が鳴った。

早乙女のトレーには、以前焼きたてバゲットで食べたパルミジャーノ・レッジャーノやグラナ・パダーノもある。これらハードタイプのチーズは口の中でゆっくり溶かして食べるのもいいが、加熱してとろりと柔らかくして食べるのも最高だ。

（あれも美味しかった。でも食べたことがないチーズも食べたい。んー迷う！）

「迷われるときは、タイプ別全種類からチョイスをしますと、それはもうとても満足いくお食事になるかと存じます」

早乙女はニヤリと悪魔のささやきをする。

「全タイプ……七種。それもいいですね……」

「多いですよ。絞ったほうがゆっくり味わえます」

満島が言い、早乙女を横目で軽くにらむ。

「俺はバゲットと、『ブルサン』のガーリック＆ハーブ、ホールでください。あとホットワインの白を」

「ブルサン。たしかフレッシュタイプ？」

どこかのページで見た。

リストをめくるより早く、早乙女が説明してくれる。

「ブルサンはフランスの食卓でおなじみの、フレーバーがついたフレッシュタイプのチーズです。約六十年前、他社から新たに発売予定であったガーリックフレーバーのチーズが、なぜかブルサン社から出るという誤報がひろまってしまい、大量の謎注文にあわてて対応してつくられたという、面白い誕生秘話のあるチーズです」

現在は新鮮さを輸送中に損なうことがないよう、日本での流通分は国内で製造されているそうだ。バターを思わせるクリーミィな口当たりで、軽い酸味と豊かなフレーバーが人気だという。

「俺はバゲットに塗って食べると言ったらこれ一択です。ステーキに添えても美味いですよ」

「それもめちゃくちゃ気になりますね……」

いや、でも羽純はバゲットにのせて焼いて食べるのだ。塗るのはまた今度にしよう。

「園さま、焼いて召し上がるのでしたら、やはり硬いチーズがおすすめです」

「ですよね。どれがいいかなぁ」

チーズリストとにらめっこだ。

セミハードからハードタイプのチーズには、羽純でも名前を聞いたことがあるような有名なものが多い。ゴーダチーズ、チェダーチーズ、パルミジャーノ・レッジャーノにラクレット。

「なんだろう、エメンタール、グリュイエール……このへんも聞いたことがある気がする」

「そのふたつはどちらもスイスを代表する〝山のチーズ〟です。エメンタールはマンガに出てくるようなボコボコと孔のあいたチーズで、甘みとともにナッツのような香ばしい味わいをお楽しみいただけます。重量も百キロを超えるものもある、まさにスイスチーズの王様と評される風格あるチーズです」

チーズリストの写真を確認する。本当だ。たくさん孔があいていて、これはたしかにマンガやアニメで見るような形のチーズだ！

「グリュイエールはエメンタールより小型ですが、こちらはスイスチーズの女王と評されており、より香り高く芳醇でコクがあるチーズです。どちらもチーズフォンデュには欠かせないチーズですので、名前を耳にする機会も増えているチーズであると思います」

「ああ、チーズフォンデュかあ」

ということは、チーズフォンデュとは、スイスチーズの王様と女王様のマリアージュだったのか。それは美味しいはずである。

「じゃあ焼いて溶かしたら最高じゃないですか。このふたつでお願いします。飲み物はおなじくホットワインで」

「承知いたしました。ただ今、エダムがお得にお召し上がりいただけますが、スナックとしていかがですか？」

「じゃあ、バゲットが焼けるまでいただこうかな。お願いします」

「俺も」

満島も頼む。早乙女はトレーからエダムをふたりに提供すると、チーズの準備のためにカウンター内へと戻っていった。

羽純はスライスされたエダムをひとつつまみ、表皮の赤ワックスをぺりっと剝がす。

ふと、前にエダムを食べていたときに、萩と投資の話をしたことを思い出した。投資信託のアドバイスをもらい、パルミジャーノ・レッジャーノ債の話などもした。あとは、チーズ投資の話だったか。

そういえばすっかり忘れていたな、とエダムを齧りながらスマートフォンの積み立て投資アプリを起動する。ごたごたしていたからか、資産運用のことなど記憶の彼方《かなた》になっていた。

「どう見るんだっけ……」

悪戦苦闘して、現在の運用実績を確認する。

あたりまえと言えばあたりまえだが、結果は前回とあまり変わってはいなかった。ちょっと設定を変えたくらいでドカンと上がるようだったら、それはもう投資ではなく投機である。

（しかたないか。はじめるのが遅かったんだよなぁ……）

早期にはじめた同僚たちがうらやましい。

自分もなにか、いまから第一波に乗れるようなものはないだろうか。そんなふうに考えてしまう。

「そうだ。満島さんは、チーズ投資って知ってます？」

問うと、満島は横目でこちらを一瞥し、それから体ごと羽純のほうを向いた。

「まさか、あの萩という男からすすめられましたか？　手を出した？」

その目は至極真剣だ。少したじろぐ。

「いえ。そういうわけじゃないんですけど。ただ、いい話だったら乗るのもいいかなと思って……意見を聞いておこうかなと」

最後のほうはだんだん尻すぼみになる。

満島はメガネをクイッと押しあげた。

「やめておくのがいいでしょう。最近、積み立て投資が身近になったせいか、投資を騙《かた》る詐欺が多い」

「それはたぶん大丈夫だと思いますよ。今のところは順調な利回りだって言ってましたし、それに写真もありました」

あの話をしていたとき、たしか満島も近くにいた。けれどもさすがに写真までは見えなかっただろう。羽純は簡単に説明する。

「オランダのチーズ輸出商社の女性役員さんたちが、ちゃんと顔出しで写っていましたよ。チーズもたくさん写っていて」

羽純はエダムのスライスをひとつ、つまんでみせる。

「ちゃんとこのエダムも写っていました」

「え？」

怪訝そうな声をあげたのは、カウンターから羽純たちにホットワインを供しようとしていた新垣店長だった。

それから早乙女に目配せする。早乙女はめずらしく、緊張感のある真剣な表情でチーズを運んできた。

「お待たせいたしました」

満島の前にはアルミパッケージに入ったブルサンとバゲットを。そして羽純の前にはエメンタールをのせて焼き上げたバゲットと、グリュイエールをのせて焼き上げたバゲットの二種が提供される。

バゲットが焼けた香ばしい香りと、チーズがとろけた芳醇な香りが漂うが、なんだか緊張する雰囲気だ。

「あの、なにか……？」

「園さま、そのお写真に写っていたのは、オランダのチーズ輸出商社の女性役員たちである、と」

「そうです。え、変ですか？」

「オランダの写真で、オランダのチーズが写っていたんですね？」

「はい……いえ、私はエダムしか知らないので、詳しくはわからないんですけど、でもエダムはオランダを代表するチーズのひとつですよね？　球状で、赤いワックスをほどこされている。見間違えてはいないつもりです。だってあの写真を見たとき、ちょうど食べたばかりだったので」

説明したが、早乙女と新垣は硬い表情のまま目線を交わし合う。

それから、早乙女はゆっくりと羽純に告げた。

「エダムはオランダのチーズですが、赤玉が写真に写っているのはおかしいのです」

「？　それってどういう……？」

「赤玉エダムは、輸出用なのですよ。輸送に耐えうるよう、ワックスで保護したものなのです。国内で消費するエダムは保護が必要ありませんので、黄色い表皮をしています」

「え……」

待って、それってつまり。

「写真は、オランダ国内で写したものではない可能性があるということです」

羽純はなにかを言おうとして、けれどもひとつも言葉が出てこなかった。

（だって、オランダにある投資先の商社に関する写真だって。なにかの間違い？　社員旅行でどこか別の国に行った先での写真だったとか……？）

いや、と思う。

だったら、わざわざオランダを象徴するような風車の前で、しかも民族衣装を着て写すなんてことはしないだろう。社員旅行の写真を投資家に送るのもおかしい。

考えてみれば、風車と民族衣装だなんて、いかにもオランダ感を演出した写真ではあった。

「じゃあ、萩くんは騙《だま》されている？」

「チーズ投資詐欺でしょう。先日、被害の報道がありました」

報道？

急いでスマートフォンでニュースサイトを検索する。

「――あった！　第一報は十一月十四日お昼のニュース……」

『被害初認定　国内被害額十億円超見込み　チーズ投資詐欺とは』

そんな見出しの記事だ。

投資セミナーによって投資に興味のある人を集め、そこからさらに勉強会と称してSNSを利用したグループに入会させる手口だという。そのグループのメンバーは多くがサクラであり、高配当をうたって言葉巧みに投資資金を騙し取る。はじめの数か月はたしかに配当金を振り込むことで信用させ、さらに多額の資金を引き出すやり方であると注意を呼び掛けていた。

満島も同様に記事を検索して読み終え、それから「この日付に心当たりは？」と羽純に問う。

十一月十四日。

「私の誕生日の前日です。チーズが……プレゼントが消えた日」

「ようやく話がつながりましたね。やはりプレゼントを捨てたのは他ならぬ萩自身――いえ、男Aだったというわけです」

あらためて満島が言うにはこうだ。

萩は十一月十四日、羽純への告白のため、チーズとワイン、そしてメッセージカードを用意した。このとき直接渡さなかった理由はわからないが、サプライズを意図したのかもしれないし、照れ臭かったのかもしれない。

とにかく問題はその後だ。萩はスマートフォンかなにかで報道を知り、チーズ投資が巨額の詐欺であったことを知った。詐欺で大金を失ったことに気がついた萩は、羽純への告白を急遽《きゆうきよ》取りやめることにしたのだ。

「おそらく、損失を穴埋めする目的で、資産家令嬢であるX子へと乗り換えるためでしょう。告白を取りやめるには、プレゼントをなかったことにしなくてはなりません。幸い、メッセージカードは未開封」

「あ、そうです。シールが貼ってあって、私開けてない」

「なのでまだ告白自体は完了していませんから、手の打ちようがあります。とはいえ、給湯室から持って出るにはプレゼントは目立ちすぎます。だれかに見られてしまう恐れもあるでしょう。そこでチーズとワインを廃棄し、小さくて持ち出すことが容易であったメッセージカードだけを持ち去った。カードをゴミ箱に捨てなかったのは、万が一復元されて読まれたりしないようにです」

カード持ち去りに関しては、珠莉の推理もおなじだ。

「あとは何事もなかった顔をして、X子攻略へと動けばいいというわけです」

「X子さんはもともとAに気があったから、その攻略はかなり容易ですね。そういえばあの日以来、Aは自慢の高級腕時計をつけてこなくなったんですけど、もしかしたら損失を埋めるために売ってしまったのかも……？」

あるいは、ローンが払えなくなって処分したのかもしれない。

「にしてもあのボロボロの姿、失恋とか傷心とかじゃなくて、詐欺に遭って大金を失ったことへのショックだったわけですね。まぁ、そりゃあやつれますよね……」

「どうですか、今度は完璧な推理でしょう」

満島が少しだけ自慢げに胸を張る。

「はい。最初の推理から合ってたわけですもん。すごい、満島さんこそ名探偵ですよ」

萩は苦しい状況かもしれないが、とりあえず、心を込めて用意したプレゼントを第三者がめちゃくちゃにした、という悲しい構図ではなくてよかったと思う。

もちろん食べ物を捨てた行為は許せないが、羽純は羽純で、食べ物を大切にしていくだけだ。

「名探偵に乾杯！」

ホットワインのグラスで満島に乾杯する。それから新垣と早乙女にも、グラスを掲げて礼をする。

「おふたりも、赤玉エダムからオランダ国内の写真じゃないと見抜くなんて、さすがプロですね」

「恐縮です」

ふたりも胸に手を当てて小さくお辞儀する。

しかし新垣はどこか悲しげだ。

「新垣さん？」

「いえ……。かつてヨーロッパでは、チーズは『貧者の肉』などと呼ばれていた時代もありました。それがいまでは巨額詐欺の口実として使われるようになったのかと思うと、非常に複雑な心境です」

たしかに、ナチュラルチーズの日本での普及を願う『フォンテーヌ』としては、こういう形でチーズの名がひろまるのはまったく本意ではないだろう。

「新垣さん、ぜんぜん慰めにならない話ですけど、私、お肉よりもチーズのほうが好きですよ」

言って、バゲットに齧りつく。

こんな幸せな味、きっとほかにない。

＊＊＊

それから数日が経った、ある朝のこと。

「ごめんなさい！」

早めに出社した羽純を給湯室へと引っ張り込んだ相手は、開口一番、羽純にそう言って深く頭を下げた。

事態をのみ込めない羽純は、ただキョトンとしながらそれを眺めるしかない。

顔をあげた相手は細い体を縮めながら、心から申し訳なさそうに長い睫毛《まつげ》を瞬く。その様はどこからどう見ても可憐で弱々しく、同性である羽純ですら庇護《ひご》欲をかきたてられる姿だった。

「あの、えーっと、とつぜん謝られても私、なにがなんだか……」

「そうですよね。わかります」

資産家令嬢の鬼丸は、そう睫毛を伏せがちにしてから、となりに立つ男――萩の頭に手をやり、ぐりぐりと下げさせた。

「ほら、あなたも謝んなさいってば！」

「ご、ごめん！　園さん、俺反省してるから、だ、だから……」

だから助けて、とでも言いたげな顔だ。鬼丸さんの細い白魚《しらうお》のごとき指は、完全に萩の髪をわし摑みにしている。見なかったことにしよう、と羽純は視線をずらした。

「鬼丸さん、わかるように説明をお願いしても？」

「もちろんです。この度は、この男が園さんに大変ご迷惑をおかけしました」

「だから、ごめんって、イテテ！」

「園さんが受けとったプレゼント、あれはこの萩大和が贈ったもので間違いなかったんです。ゴミ箱に捨てるなんて罰当たりなことをしたのも、このひとで」

「あーはい。知ってます」

「え、知ってる……？」

鬼丸さんと、ようやく頭をあげることを許された萩が、顔を見合わせる。

「知ってますし、なんの問題もないので謝っていただかなくて結構です。でもあの、むしろ今こうして鬼丸さんからも謝られていることのほうが、よっぽど謎なんですけど？」

羽純が言うと、鬼丸は居住まいを正し、いま一度礼儀正しく頭を下げる。

「もっと早くにお話しするべきでした。すみません、思いのほかこのひととの説得に時間がかかってしまって」

鬼丸の言葉に、萩がばつが悪そうに視線を泳がせる。対照的に、可憐な風情の鬼丸は、芯の強さを感じさせるまっすぐな瞳で羽純を見つめていた。

「わたし、あの日、このひとが給湯室で瓶《びん》を割る音をたまたま聞いていたんです」

大きな音ではなく、鬼丸のほかに気がついた人はいなかったという。萩は視線を泳がせながら、「スーツの上着で包んで、そっと割ったから……」と言い訳した。

「それでこのひとが給湯室を出てから、なんだろうって思って見に行ったんです。そしたら燃えないゴミ箱はあのありさまで。まだシンクからはワインの匂いもしていたし、なんとなくチーズの匂いもしていました」

ただ、その時点ではなにがあったのかはわからなかったのだという。

萩がなにをしたのかを察したのは、騒ぎになってからだ。

「給湯室にあった園さんの物を勝手に捨てたんだって、そう思って。それで何人かにあたって、このひとの連絡先と住んでいるところを訊いて、ちゃんと謝るように説得しようと思って突撃したんです」

あ、と思う。

後輩の前田が言っていた、『鬼丸さんが萩の家に押し掛けたらしい』という話はつまりこのことだったのか。

「わたしてっきり、だれかが園さんにプレゼントしたものを、このひとが嫉妬から廃棄したのかと思ったんです。なのに、そもそもあのワインは自分が贈ったものだっていうじゃないですか。めちゃくちゃ意味が分からなくて」

鬼丸が詰問すると、萩は自分で用意したプレゼントを自分で廃棄したこと、告白をやっぱりなかったことにしようとしたこと、それらを洗いざらいしゃべったのだという。……いや、洗いざらいしゃべらされた、という表現のほうが近そうな、そんな雰囲気もなくはないな、と羽純はひそかに思った。鬼丸さん、可憐な見た目に反してなかなかこう、強い。

「ほぼ全財産を詐欺られたからって、資産がありそうなわたしが気になり始めたっていうんだから、ほんっとうにお金が大事な情けない男で……」

可憐な瞳が、ぎろりと横目で萩をねめつける。萩はただただ小さくなった。

羽純は「まあまあ」となだめるしかない。

「ええと、ほら、なにを優先するかはそれぞれの価値観ですし、萩くんは資産を優先したということで、こっちもべつに気にしてはいませんし。ただ、これからは食べ物をもっと大切にしてもらえればなと思うだけで」

「……ほんとに、ごめん」

萩が消え入りそうな声で、いま一度謝罪する。声が小さい！　と恫喝《どうかつ》のような声が飛んだが、羽純は笑顔で聞かなかったことにした。鬼丸氏、怖い。

「あー……ところで鬼丸さん、それでさっきからちょこっと気になっているんですけど、その手の指輪は……？」

羽純が恐る恐る問うと、鬼丸は芸能人の結婚発表記者会見のごとく、手の甲を掲げて見せる。正確には、その左手薬指に光る指輪をだ。鬼丸に肘でどつかれて、遅れて萩も手を見せた。

やはり、婚約指輪というわけではなさそうだが、ふたり揃いのリングが嵌まっている。

「はい。わたしたち大変恐縮ながら、お付き合いすることになりました。これからはわたしが責任をもってこのダメ男を矯正《きようせい》し、清く正しく導きながらともに人生を歩んでいきたく思います」

なんだか結婚発表のようだ。

「お、おめでとう。こんなこと言うのもあれですけど、ダメ男が好きなんですね」

「はい。わたしの悪い癖で」

鬼丸は、テヘッと言わんばかりに笑んで見せる。鬼丸が押せ押せで攻め切ったとのことだった。どうやら、鬼丸が萩を好きであるという情報は正しかったらしい。

萩は羽純と目が合うと、「こういう女性も、斬新でいいと思ったんだ」と小さな声で言う。同僚の五十嵐の奥さんを鬼嫁呼ばわりしていた萩は、いつかモラハラ夫と化しそうだったから、鬼丸さんとならばお似合いだと羽純は思った。きっとパワーバランスがとれている。

「末永くお幸せに」

自分でも内心でツッコんだが、まあ鬼丸さんが幸せそうなのでいいだろう。萩もきっと、結婚祝いのセリフか。

これから彼女の厳しい指導のもと、詐欺で崩れた人生を立て直していくはずだ。

＊＊＊

「十六世紀から十七世紀の戯曲のなかでは、チーズはたびたび庶民の貧しい食事の象徴として描かれています。王侯貴族は牛や羊を殺してその肉を食べ、庶民は牛や羊を生かし、代わりにその乳からつくりだしたチーズを食べる。貧富の差の象徴であったのでしょう。なかでも貧者の肉として有名なのは、ウォッシュタイプであるこちらの『リヴァロ』です」

早乙女はトレーの上にのせた、円い箱をしめして言う。

蓋を取り、白い包み紙を開くと、現れたのはオレンジ色の表皮をしたチーズだった。刺激ある強烈な匂いが鼻にまとわりつく。

「す、すごい個性のチーズですね」

「はい。当時、この味と匂いのきつさから豚肉燻製《くんせい》ソーセージを連想させ、それが庶民食であったことから『貧者の肉』とあだ名された、など諸説あります。現在では、型崩れを防ぐために側面に巻いた五本のひもが陸軍大佐の階級章を思わせることから、〝陸軍大佐《コロネル》〟の愛称にて親しまれています」

そう言ってリヴァロを取りだし、カッティングボードの上でナイフを入れる。

これはサジェストではなく、今宵《こよい》、羽純と満島の注文を受けて切り分けているのである。

飲み物は満島が選んでくれた。メルロー種を使用したフルボディの赤がすでにグラスに満たされ、チーズを待っている。

「お待たせいたしました」

チーズの中心から放射状に薄くカットされたリヴァロが四つ、内部の淡いクリーム色を見せつけながら、銀色の皿の上で横たわっていた。

断面は空気が入ったようにスカスカと孔が開いていて、しかしエメンタールのような硬さは感じない。むしろしっとりと柔らかそうに見える。

羽純よりもチーズに親しんでいるであろう満島でさえ、このリヴァロは初挑戦らしい。緊張の面持《おもも》ちで皿を見つめていた。

「これは……まさに、『神様のお御足の香り』ですね」

「すごい、魚醤っぽい臭い……」

上級者向けと言われたエポワスなんか、目ではない。刺激ある臭いだ。これを買ってうっかり電車に乗ったりしたら、きっと大変な騒ぎになるだろう。

「これでも昔より穏やかになったのだそうですよ」

早乙女が笑う。

これで穏やかとは……。ごくりと生唾をのみ込んで、テーブルナイフを手にとった。

「表皮はお好みで。除いて召し上がる方のほうが多いかと感じております」

「じゃあ、いただきます」

羽純は遠慮なく、まずは表皮を取り除いた。それから薄くカットされたライ麦パンの上にのせる。スプレッドのように柔らかいので、のせるというよりも塗るような感覚に近い。

口に含むのは、一瞬、勇気が要った。口に近づければ鼻にも近づくのである。はじめて納豆を食べる外国人はこんな気分だろうか。そんなことを思いながら、えいやっとひと口に放り込む。

緊張していたせいか、まずは口の中の水分をライ麦パンが持って行ってしまった。けれども噛むたびに、つぎからつぎへと唾液が溢れてくる。

（あああ……！　美味しい……！）

刺激臭からは想像できないほどの、濃厚なコクのある味わいだ。それはナッツにも似て強い。臭いのなかから旨味がぐっと顔を出してきて、よだれが止まらない。

フルボディの赤ワインで流しこむと、プラムのような香りがチーズの臭いを洗い流し、余韻だけを残してくれる。あぁ、絶品だ。

満島を見れば、彼も美味しさに静かに悶《もだ》えていた。

「なんだか、美味しいものを食べていると、あれこれ悩みがどこかへ吹っ飛んでいっちゃいますね」

「さすがは旨味のしもべですね」

満島は苦笑する。

「満島さんはまだ悩んだままですか？」

以前から仕事関係で、考え事という名の悩みがあるようだった。

羽純が問うと満島はワインを呑んで、それからグラスを見つめつつ、自嘲するようにかすかに笑った。

「そうですね……いつまでも悩んでいますよ」

「お伺いしても？」

満島には色々助けてもらった。羽純もなにかしら力になれたらいいと思う。

満島はしばらく黙っていたが、「他人から見たら大した話ではありません」と前置きをして話してくれた。

「新卒で入ってから、ずっと世話になっている取引先のオヤジさんがいるんです。それが最近仕事の方針のちがいから仲違《なかたが》いをしてしまいまして」

親子のように親しくさせてもらっていたのだという。それが、いまでは完全に対立してしまっているのだそうだ。もしかしたら、このままでは担当を代えろと言われてしまうかもしれないという。

「もともと職人気質《かたぎ》なひとで頑固ではあったんですけど、歳をとってますますひどくなっていくようで。時代とともにやり方を変えなければならないこともあるだろうに、何度話してもわかってもらえない。……あれはまるでハードタイプのチーズですよ。どんどん頭が固くなる。いつかぼろぼろに崩れてしまうでしょう」

つまり、頑固すぎるオヤジさんの先行きを心配しているのだろう。

そこまで語ってから、満島はこの話はこれでお終《しま》いというように、メガネをくいっと押しあげ、チーズを口に運んだ。

「そういう事情でしたか……」

　正直、会社がちがう以上、そして詳細がわからない以上、羽純からアドバイスできそうなことは何もない。でも、羽純は言った。

「どんなに硬いチーズでも、温めれば柔らかくなりますよ」

　先日食べたエメンタールもグリュイエールも。もっと以前に食べた、パルミジャーノ・レッジャーノも、グラナ・パダーノも。

「これだけ悩まれる満島さんの熱意があれば、きっと柔らかくなりますよ。私はそう思います」

　満島が、わずかに目を瞠《みは》って羽純を見た。

　それから、ふっと口もとをほころばせる。

「……ああ、こうして寒い夜、だれかと『美味しい』を分かち合う。これはとても贅沢な時間ですね」

「はい！　ところで満島さんは、つぎはどのチーズにするんですか？」

ここはチーズ専門店『フォンテーヌ』。
今日も明日も、ナチュラルチーズの魅力を取り揃えて、あなたの来店を待っている。

この物語はフィクションで、登場する人物・団体等は実在のものとは一切関係ありません。

光文社文庫

文庫書下ろし
チーズ店《てん》で謎《なぞ》解《と》きを
著　者　小《お》野《の》はるか

2024年11月20日　初版1刷発行

発行者　三　宅　貴　久
印　刷　萩　原　印　刷
製　本　ナショナル製本

発行所　株式会社　光　文　社
〒112-8011　東京都文京区音羽1-16-6
電話（03）5395-8147　編　集　部
8116　書籍販売部
8125　制　作　部

落丁本・乱丁本は制作部にご連絡くだされば、お取替えいたします。
ISBN978-4-334-10496-2　Printed in Japan

組版　萩原印刷